てろどときしん

「ほんま、何でこんなえらいめにあわなあかんねやろ」

「喜びはみんなで分かちあうもんや」

「そこいらの炉端でよろしいがな」

「あかん、あかん。こんな機会でもなかったら、フグなんぞ一生口にできへん」

「あれ、いうほど旨《うま》いもんやおませんで」

西区江戸堀。地下鉄肥後橋《ひごばし》駅を降りて四ツ橋筋を南へ向かう道すがら、今夜のスポンサー、マメちゃんはまだぶつくさいっている。

きのう、三月二十三日は日曜日。ここふた月ほどかかわっていた都島《みやこじま》区の深夜スーパー強盗事件の捜査が一段落して、私はマメちゃんを阪神《はんしん》競馬場へ誘った。そのメインレース、コーラルステークスでマメちゃんは連複二千九百六十円をものにした。ビギナーズラックというやつである。

「黒さん、正直にいうて下さいな。黒さんがしつこく買え買えと薦めたあの2―3、これといった根拠があったわけやおまへんやろ」

「ウマに根拠なんぞ要るかい。予想配当が三千円、開催が二十三日、理由はそれだけで充分や」

「そら、あんまり無責任や」

「人間が走るんならまだしも、欲も得もないおウマの駆けっこに金を賭《か》けようというその行為こそが、そもそも無責任や」

「ほな、何でその無責任な遊びにこのぼくを引きずりこむんです」

「同病相憐《あわれ》む、いうのがあるやろ。マメちゃんもいっぺんすっからかんになって敗者の心情を味わえ」

「要らんわ、そんなもん」

マメちゃんとはよく麻雀《マージャン》をする。いつも負けて泣きをみるのは私だ。

靭《うつぼ》公園、科学技術センターの一筋手前を左に曲がった。

「あれ、おかしいな。あらへんがな……」

マメちゃんは怪訝《けげん》そうにあたりを見まわす。

「店の名前は」

「ふぐ善」

「どんな店や」

「しもた屋風の、木造瓦《かわら》屋根の二階建。小さい店です」

「この辺、ビルばっかりやで」

「一筋、間違うたんかな」

マメちゃんはすたすたと歩き始めた。いったん四ツ橋筋へ出て、ひとつ南の通りをまた左に曲がる。そこにもふぐ善はなかった。

しばらくあたりを徘徊《はいかい》して、戻ったところは元の場所。

「マメちゃん、わしに嘘ついてないやろな」

「嘘て……何を」

「フグを奢《おご》るのが惜しなったということはないか」

「そんなもん、最初から惜しいですわ。何が悲しいてあんな高いもん食わなあきませんねん。それもぼくの金で。……けど、ぼく、嘘はついてませんで」

「そのふぐ善とかいうの、いつ来たんや」

「さあ、もう三年前くらいになるやろか。ぼくがまだ独身で小遣いに不自由してへんかった頃ですわ」

「えらい大昔やな。けど、何でこんな遠いとこまで遠征してたんや。フグなんぞ、どこででも食えるがな」

「ぼくの大学時代の友達の妹がふぐ善で半年ほどバイトしてましてん。そやから、十ぺんくらい来たことあるんです」

「半年で十ぺんとは豪勢やな。オッパイのあるフグが目当てやったんか」

「まあ、ね」

マメちゃんは金つぼまなこを糸にして笑う。フルネーム亀田《かめだ》淳也《じゅんや》、大阪府警捜査一課宮元《みやもと》班刑事。そろそろ三十に手が届こうかという年だが、童顔、色黒で背が低く、ころころしたその体型から、みんなは彼を「マメダ」と呼ぶ。「豆狸」と「カメダ」をひっかけたものだ。躁鬱《そううつ》症の鬱だけを母親の胎内に忘れてきたような人物で、機関銃のように息つく暇なく喋《しゃべ》りまくる。性格と体格を見事に一致させた好例ではある。その風貌《ふうぼう》と気易さが訊《き》き込みや取調べの際、強力な武器となって、若手であるにもかかわらずベテラン捜査員に伍《ご》していける理由となっている。

　この愛すべきマメちゃんが私の主たる相棒というわけだ。

「寒い。こんなとこにいつまで立ってるつもりや。早よう善後策を考えんかい」

　私はたばこを咥《くわ》え、マッチを擦った。

「ちょっと待ってて下さい。訊いてきます」

　いって、マメちゃんは向いの小さな黒っぽいビルの一角にあるたばこ屋兼日用雑貨店へ走り、中に入った。しばらくして、

「黒さん、ちょっと」

　マメちゃんの手招き。私も雑貨店に入った。

「どこ探してもないはずや。ふぐ善、立ち退いたそうです」

「そら、いつのことや」

「ちょうど一年前ですわ」

　と、口をはさんだのはこの店のおばさん。年は五十前後、グレーのセーターに紺のスラックス、ベージュの大きな胸あてつきエプロンをしている。おばさんは店の外、ちょ

うど真向いのカフェバー風レストランを指さし、

「ほれ、あのカーディナルいう店がそうですがな。あそこにふぐ善はんがあったんや。……かわいそうにな、鎌倉《かまくら》はんもがんばれるだけはがんばりはった。せやけど、あの事故がこたえたんか、最後はほんま、あっけのう倒れはった」

「ほな、ふぐ善さん、倒産したんですか」マメちゃんが訊く。

「倒産いうわけやないけど、ま、それに近い形で店をたたみはった」

「さっきいわはった事故とかいうのは？」

「あんたら、鎌倉はんとどういう関係」

おばさんの表情が硬くなる。

「あ、いや、すんません」

マメちゃんは頭をくるっとひと撫《な》でし、「ふぐ善のおやじさんとは小さい頃からの知りあいでして……世話になったもんです」

「それにしては鎌倉はんのこと、何も知らんやないの」

「それが……ここ数年、大阪を離れてたもんやから」

つまらぬ言い訳をしては、マメちゃんはおばさんにやりこめられる。

「あの、もう結構です。ぼくら、帰りますよって」

マメちゃんはじりじりと後退する。

「何です、それは。訊《たず》ねるだけ訊ねて、もう結構、はないでしょ」

「あ、そうでしたな。ぼく、何を訊いたんかな」

「事故のことですやろ。ふぐ善さんで食中毒あったん知りまへんか。新聞にも載ってましたがな」

「ぼく、新聞読まんのです」

「若いもんがそんなことでどうするの」

「反省します」

「それで、さっきの話やけど、フグの毒にあたって、お客さんがひとり死なはってな」

「へえ、そら大変や」

「店は営業許可の取り消し。鎌倉はん、店閉めて、土地、建物をあのカーディナルのビルの持ち主に売りはった。亡くなったお客さんの遺族にもそれ相当のお金払《はろ》たみたいでっせ。……私、鎌倉はんとは三十年来の知りあいやったんです。私がここへ嫁に来た時は、このあたり、まだ舗装もされてへんでね、雨降りのあとなんかは、鎌倉はんと二人で水たまりに砂利を入れたりして、――」

まったくよく喋るおばさんだ。聞きたくもない話、つきあっていたらきりがない。

「どうもありがとうございました。わしらはこれで」

適当なところで私はいい、「キャビンマイルド、あったら二つほど」

ポケットから小銭を出す。

おばさんは、はいはい、と棚からたばこを抜き出しながら、

「私、最初、あんたらのこと怖かった。地上げ屋か立ち退かせ屋やないかと思て」

「地上げ屋？　立ち退かせ屋……？」

マメちゃんは大口をあけて、「おばさん、ようそんな言葉知ってますな」

「あんたらこそ、よう知ってるがな」

――最近、都市部の地価高騰を話題にする時、「地上げ屋」という言葉がよく聞かれる。地上げ屋の仕事の内容は、多くの地権者がいて小さく分散している土地をひとつひとつ買い集めてある大きさにまとめ、それを転売して利益を得るというもので、その手先となるのがいわゆる「立ち退かせ屋」。立ち退かせ屋は、借家やアパートなど住人がいすわって動きそうにない物件から、住人を強制的に立ち退かせることにより、地上げ屋から手数料を受け取る。商売柄、立ち退かせ屋には暴力団が多く、その手口はいやがらせのくり返し。家の真ん前に車を駐《と》める、ごみを撒《ま》き散らす、人相の悪いのをたむろさせる、隣家が空いていれば、連日深夜までそこでドンチャン騒ぎをする、と犯罪一歩手前のありとあらゆるいやがらせをするのである。立ち退かせ屋にかかれば、どんなしたたかな借家人でも、半年ももたないといわれる――。

私はキャビンを受け取り、

「けど、おばさん、何でわしらのこと地上げ屋とか思たんです」

訊いてみた。おばさんは真顔になり、

「鎌倉はんな、長いこと地上げ屋につきまとわれてましたんや。そこのカーディナルのビル、元は五軒長屋やったんですわ。普通の住宅が三軒とクリーニング屋はん、それと、ふぐ善はん。……いえ、貸家やおまへん。ちゃんとした持家でした。初め、三軒の住宅が売れて、次にクリーニング屋が出て行き、残ったんはふぐ善。五軒長屋のちょうど真中やし、地上げ屋にしたらどうにもグツ悪い。かなりの金積んだみたいやけど、鎌倉はん、うんといわへん」

「そこへ現れたんが立ち退かせ屋というわけですな。で、どないしました、おやじさん」

　マメちゃんが訊く。

「鎌倉はん、店に愛着あったし、元々頑固な人やから負けてへん。わしはここで死ぬんやいうて、そらがんばりはった。一年ほどもそんな状態が続いたんやないやろか」

「その、立ち退かせ屋がうろちょろしはじめたん、いつです」

「……二年前、かな」

「ほな、ぼくがふぐ善に顔を出さんようになってからや。くそったれ、ぼくがおりさえしたらな」

「あんた、その小さい体で何ぞやってはりまんのか。柔道とか空手とか」

「いや、ぼくは別に……」

「ほな、えらそうにいいなはんな。このごろの若い衆はあてにならん」

「何もそこまでいわんでもよろしいがな」

「ま、そんなこんなで睨《にら》みあいの続いてたちょうどその時に、えらいことにあの中毒事件。鎌倉はん、精も根も尽き果てて、店をたたんだというわけですわ」

「なるほどね……」

さも感心したふうに私はいい、「どうも長いことすんませんでした」

ひとつ頭を下げてマメちゃんの腕をとり、踵《きびす》を返す。

店を出て、

「あほたれ。マメがおかしなとこへ入るからつまらん時間食うてしもたんやないか。わし、腹ぺこやで」

「ぼくかて、あんな成り行きになるとは思てませんがな」

「もうフグごときでは我慢できん。スッポンや、スッポン食いに行こ」

「そら殺生や。ぼく、三万円しか持ってません」

「マメはスープだけ飲んどけ」

「そんな無理いわんと、ステーキで堪忍して下さいな。ものはついでやし、その店に行きましょ」

マメちゃんは私の手を振り払い、逃げるようにカーディナルのガラス扉を押した。

レストラン、カーディナルは意外に広い店だった。入ってすぐ右側にレジ、左奥に十メートルほどの長いカウンター、中央に五つのテーブル席。レジの後ろは作りつけの衝《つい》立《たて》になっていて、そこに水槽をしつらえ、熱帯魚を泳がせている。天井は高く、大きな金色の扇風機が二つぶらさがっている。いかにもカフェバーです、といった造りで、それがかえって時代遅れの印象を与えてしまう。

私とマメちゃんは手前の窓際に席をとった。メニューを見ると、一番高い百八十グラムのヒレステーキが六千円。こいつで我慢することにする。

「さて、何を飲も……シャンペンか」

「スパークリングワインにしなはれ」

「あほくさ。そんな子供騙《だま》し、要らん」

「ここはぼくに任せて下さい」

ちょっとおにいさん、マメちゃんはウエイターを呼び、

「とりあえずビール二本。それから、バーボンのダブル。ハーパーでええわ」

さっさと注文する。

「バーボンやったら、わし、メイカーズマークが飲みたい」

「贅沢《ぜいたく》いうたらあきません。口が腫《は》れまっせ」

「ほな、ジャックダニエルのシングルバレル」

「そんなに飲みたいんなら勝手に注文しはったらよろしいがな。勘定は自分持ちで」

「わし、ハーパーが好きや」

——そして一時間。ステーキはけっこう旨《うま》かった。ビール二本とバーボンの水割りを

四、五杯飲んだ。
椅子にもたれかかり、ゆったりとけむりをくゆらせているところへ、

「ぼく、あの人見たことあるわ」

唐突にマメちゃんがいう。見れば、レジの向こうに髪を赤く染めた四十年輩の女性が立っている。薄いブルーのセルフレームの眼鏡、厚化粧、黒のカーディガン、グレーのセーター、真珠のネックレス。

マメちゃんはちょうど灰皿を取り替えに来たウエイターを捕まえ、

「あの人、この店の何です」

「支配人です」

「支配人……ほな、この店のオーナーかいな」

「ちゃんと知りません。ぼく、バイトですよって」

ウエイターはいい、向こうへ行った。

マメちゃんは首を傾げながら、

「どっかで見たことあるんやけどな。思い出されへん」

「訊《き》いてみたらどないや。ぼく、亀田淳也と申しまして、しがない地方公務員をしております。以前、あなたをお見かけしたことがあるんですが、それはいったいどこでしょう」

「もうよろしい。若いきれいな子やったらまだしも、あんなおばはん、知りとうもない。……さ、帰りましょか」

「次はどこや」

「え、まだ行くつもりですか」

「あたりまえや。夜は長い」

「飲むのはかまへんけど、次の勘定は黒さんでっせ」

「帰ろ。明日《あした》も仕事や」


——といいつつ、飲んだ。

タクシーを拾ってミナミへ行き、宗右衛門町《そえもんちょう》あたりのスナックを三軒まわった。最後の店では何を飲んだのかも憶《おぼ》えていない。眼が覚めたら自分の部屋、横にマメちゃんが眠っていた。時計を見ると午前八時、ふとんをはね上げ、ベッドから飛び出した——。


「頭痛い。ガンガンするわ」

都島署、二階のトイレ、私とマメちゃんは二人並んで顔を洗っている。

「ええ年して倒れるまで飲むからです」

「わし、倒れてへんがな。ちゃんと家まで帰った」

「連れて帰ったん、ぼくでっせ」

「雅子《まさこ》さんにちゃんと連絡したか、わしとこ泊まると」

「大の男がよめはんにいちいち電話なんかしますかいな」

「えらい強気やな」

「強気やおません。怖いからようせんかっただけです」

「わし、結婚だけはせんとこ」

「三十五にもなって、そういう台詞《せりふ》似合いませんで」

「放っとけ。わしの勝手やろ」

トイレを出た。今日、私とマメちゃんは裏付け捜査で西成《にしなり》へ行く。天下茶屋《てんがちゃや》から岸ノ里、玉出《たまで》と、金物屋を二十軒はまわった——。

深夜スーパーに押し入った強盗は店主に出刃包丁を突きつけ、ポケットから出したハリガネで店主を後ろ手に縛った。賊は目出し帽をかぶっていたのだが手には何もつけていず、レジとカウンターに残っていた指紋から、身元はすぐに割れた。そして五日、我々は、立ちまわり先の大正《たいしょう》区で犯人《ホシ》を逮捕した。あっけない幕切れだった。

犯人の供述によると、包丁の入手先はあいりん地区の刃物屋。こいつは二日で突きとめた。

ハリガネを手に入れた店はまだ判らない。犯人がいうには、南海《なんかい》電鉄の駅近くの小さな金物屋で百円分買った、とそれだけ。それで、私とマメちゃんは西成を巡り歩いている。今日も収穫なし。

「ほんまにええ加減なやつや。せめて駅の名前でも憶えとったら、ぼくら、こんなしんどいめせんでもええのに」

「そういうノータリンやから、手袋もはめずに包丁振りまわしよったんや」

「ほんまにあほでっせ。あいつの顔、知性のかけらもない」

「知性があったら、あんな効率の悪いことせんやろ」

犯人が奪った金は小銭ばかり四千八百円。店主に二週間の傷を負わせているから、まず七年はかたい。

「黒さん、今、何時です」

時計を持っているのにわざわざ時間を訊くのは、もう帰ろうというマメちゃん流の意思表示だ。

「七時や。帰ろか」

「ほい、そうしまひょ」

南海玉出駅、改札口から吐き出された人々が私たちの傍らを足早に行き過ぎる。マメちゃんはまとめて買った切符の一枚を私に手渡しながら、

「あっ」

と、かん高い声。

「何や、びっくりするやないか」

「あれ……」

マメちゃんの指さす先に和服の女性。お茶か踊りの帰りだろう、薄茶の紬《つむぎ》に塩瀬の帯、ゆっくりと向こうへ歩いて行く。

「思い出した。……きのうのおばさん、ふぐ善の仲居さんや」

「おばさんて、誰や」

「カーディナルの支配人。……ほれ、青い眼鏡に赤い髪」

「それが、あっと驚くような大そうなことか」

「しかし、何でやろ。何で立ち退いたふぐ善の仲居が、立ち退かせた店の支配人にすんなりおさまったんやろ」

マメちゃんは眉根《まゆね》を寄せ、あごを撫《な》でる。この時マメちゃんがどんなことを考えていたか、常識人の私には知る由もなかった。


翌日、私とマメちゃんは別行動をとった。私は引き続き西成区の金物屋巡り。マメちゃんは捜査本部で報告書のまとめ。ちんたらした仕事ぶりが眼に浮かぶ。

——午後七時、私は捜査本部に戻った。

マメちゃんは椅子に深く背をもたせかけ、さもつかれたようにたばこを吸っていた。

「ああ寒《さ》む。足はくたくた、水洟《みずばな》ズルズル。外まわりはしんどいで」

私はマメちゃんの隣に自分の椅子を引き寄せて腰を下ろし、「どや、まじめにお仕事したか」

「それが、まだ半分ほどしかできてませんねん。何せ、二人分やから」

最後のところをマメちゃんは強調する。

「そうあてつけがましくいうことないやろ。……それにしても、のろいな」

「ぼく、こういうの嫌いですねん。デスクワークは性に合いません」

「何事も辛抱や。楽しいばっかりが仕事やない」

「コーヒー一杯、ごちそうして下さいな」

「一杯といわず、二杯でも三杯でも」

「それ、自動販売機でっしゃろ。インスタントはあきませんで」

署を出た。筋向いの喫茶店に入る。マメちゃんはコロンビア、私はモカを注文した。

マメちゃんはおしぼりでゆっくり顔を拭《ぬぐ》い、コップの水で口を湿して、

「ちょいと黒さんに見てほしいもんありますねん」

と、上着の内ポケットから一枚の紙を取り出した。

「何や」受け取る。

「去年の新聞ですわ。今日、頼んでコピーしてもらいました」


──ふぐ料理店で中毒、一人死亡。

一月二十五日、午後八時二十分ごろ、大阪市西区靭本町《うつぼほんまち》二丁目のふぐ料理専門店「ふぐ善」＝鎌倉善造《ぜんぞう》さん（六五）経営＝で、客の大阪市此花《このはな》区伝法《でんぽう》三丁目、店員、安《やす》井謙二《いけんじ》さん（三九）がフグの中毒により死亡。西署の調べによると、安井さんは店の同僚二人とふぐ善二階の座敷でフグちりを食べていて突然苦しみだし、救急車で病院に運ばれる途中、死亡したもの。解剖の結果、安井さんの体内から高濃度のふぐ毒（テトロ

ドトキシン）が検出されたため、安井さんの死因はフグによる中毒死と断定された。警察は安井さんらの食べていたフグちりの残りを検査している。また、フグを調理したふぐ善の従業員、松下照幸《まつしたてるゆき》さんと経営者の鎌倉さんから詳しい事情を聞いている――。

「マメちゃん、こんなもんをわしに見せてどないする気や」

紙片を返しながら、私は訊《き》いた。こやつ、また良からぬことを企《たくら》んでいるらしい。

「黒さん、捜一の探偵として、この話ちょいとおかしい思いませんか」

「さあ分らんな」

「またとぼける。顔に書いてまっせ、何か臭うと」

「臭うたところで、わしらに何ができるんや。この事件《ヤマ》、カタついとるんやろ」

「ま、一応ね。……安井の胃から未消化のフグの肝が出たんですわ。それに、安井は鍋《なべ》をつつきながら、同僚に『あれ、こんなもんが入っとる』と、肝を箸《はし》でつまんで見せたそうです」

「ふぐ善、肝を客に食わしてたんか」

「板前の松下は、絶対にそんなもん出してへんと言い張ったそうです」

「けど、現に胃の中から肝が見つかった。どうにも申し開きできへん」

「ということで、最終的に一件は落着してます。鎌倉善造は、ふぐ条例違反と食品衛生法違反で所轄保健所から告発され、店は営業許可の取り消し。……けど、この話、できすぎてるとは思いませんか」

「思わんこともない。しかし……」

「立ち退かせ屋が一年がかりで脅したりすかしたりしてるのに、ふぐ屋は立ち退かん。ちょうど五軒長屋の真中やから、ビルを建てるには非常に都合が悪い。ほとほと困り果てた地上げ屋は考えた……ふぐ屋にふぐ中毒はつきものや、と。そこで地上げ屋は仲居のひとりに話を持ちかけた。鍋の中に肝を入れてくれ……」

「仲居がそんなことOKするかい。人殺しの片棒担げいうてるのと同じことやないか」

「いや、別に殺す必要はおません。世間に広まる程度の、ちょっとした中毒でよろしいねん。それで店は営業停止、ほぼ間違いなくつぶれます」

「三十年以上の老舗《しにせ》がそんな簡単につぶれるかな？」

「黒さん、ぼくとこの商売、何です」

「大衆食堂や」

「その大衆食堂の息子がいうてますねん。一ぺん食中毒を出した食いもん屋は、一年や二年では立ち直れません。食いもん屋にとって一番怖いのは警察でも税務署でもおません。食中毒です。まして、ふぐ屋がフグの中毒をひき起こしたとなると、こいつは致命的です」

　きっぱりとマメちゃんはいう。「ぼく、調べました。……カーディナルで見かけたあの女、やっぱり、ふぐ善の仲居でした。名前は南原規子《なんばらのりこ》、四十三歳。そう、あの事件があった時、警察から事情を聴取された当事者です」

「ちょっと待て。どこでそんなこと調べた」

「今日の昼、西区のあたりをお散歩して来ました」

「それで、まだ報告書ができてへんのか」

つい声が大きくなる。「ほんまに、ほんまに、ちょいと眼を離したら、またぞろつまらんことに首突っ込んどる。気まぐれもええけど、いつもとばっちり食うのは、このわしやぞ」

「そんな怖い顔せんと。すぐ怒るんは年とった証拠でっせ」

「何も好きでとったわけやないわい」

「ま、話は最後まで聞いて下さい。……ふぐ善が立ち退いたんは去年の四月、中毒事件から三ヵ月あとです。それからすぐ五軒長屋は取り壊され、百坪の更地になった。今の七階建ビルの着工は六月、完成は今年の二月。カーディナルの開店は三月十日、つい二週間ほど前です。それと、あのビルのオーナーは大谷興産いう不動産屋。西区にあと二つの貸しビルと駐車場を一つ持ってます。その他に、金融業もやってます」

「金融いうのは」

「主に手形の割引」

「ほな、これか」私は指で頰を切る。

「純然たるそれではないけど、神戸の川坂会とはかなり深い関係があるみたいですわ。立ち退かせ屋も川坂会系やし、ね」

「叩《たた》けばほこりが出そうやな」

「それと、もうひとつおもしろい話があります。……あのカーディナル、大谷興産の経営ですわ」

「ほう……」

「大谷興産と南原規子、こいつはどう考えても裏に何かありまっせ」

そこへ、モカが来た。ブラックをひとすすりし、一服吸いつけてマメちゃんの話を反《はん》芻《すう》する。——地上げ屋、ふぐ中毒、営業許可の取り消し、立ち退き、ビル建設、経営するレストランの支配人にふぐ屋の仲居……。マメちゃんならずとも、臭う。刑事のカンにぴんと来るものがある。

私は思いついて、

「西署はどういう見解や。一連の流れについて、疑惑ありとは考えてへんのか」

「そら無理というもんです。所轄が中毒事件を扱《あつこ》うたんは去年の一月。ビルなんぞ建ってへんし、もちろんカーディナルは存在してない。その時点で、地上げ屋とふぐ中毒の関係について、そこまで深読みするような捜査員おるわけがない。それにぼく、このことは、西署にはいっさい何もいうてません。訊きもしてません。とっくに解決した一年以上も前の事件をほじくりかえして所轄の顔をつぶすような真似は……」

「いくら強心臓のマメちゃんでもできまへん、か。ものの道理がよう分ってはる」

「けど、ぼく、諦《あきら》めませんで。別に急ぎの捜査やなし、じっくり構えてやりますわ」

「えらいやる気やな」

「ライフワークです」

「そんな、ええもんか」

「ところで黒さん、今晩暇ですか」

「まるっきり暇ということもないけどな」

独り住いの寒々としたマンション、まっすぐ帰ったところで何のすることもないが、いちおう牽制《けんせい》した。

「これから、ちょっとつきおうて欲しいんですわ」

「酒はあかんで。一昨日《おとトい》は調子に乗りすぎた。もう小遣いあらへん」

「そんなんと違います。ぼくは訊き込みに行きたいんです」

「訊き込み……。どこへ」

「岸和田」

いって、マメちゃんはポケットから今度は葉書を取り出した。年賀状のようだ。「あの雑貨屋のおばさんから一時借用したんです」

葉書を見た。

謹賀新年、本年も——ありきたりの文面だった。差出人は、岸和田市土生《はぶ》町一五三五
A二〇七　鎌倉善造。

「これ、ふぐ善のおやじやな」

「そう。おやじさん、店をたたんでからは長男と同居してるみたいですな。それで、ぼ

くは……」

「分った。それ以上いうな。わし、つきあわへんぞ。これから岸和田くんだりまで行ってみい、帰りは夜中になる。……わし行かへん。絶対に行かへん」

「そう頑《かたく》なにならんと。かわいい後輩の頼み、快く聞いて下さい」

「あほらしい。そんな一文の得にもならんこと誰がする。わし、こう見えても損得勘定には人一倍敏感なんやぞ」

「その割にはよう負けますな、麻雀《マージャン》」

「ゼニカネより友好的人間関係いうのを重視しとるんや」

「さすが捜一のブービー王、これからもどんどん負け続けて下さい」

「わし、気が変わった。ここのコーヒー代、払え」


結局、マメちゃんの強引な勧誘に屈した。

地下鉄で都島から天王寺、JR阪和《はんわ》線に乗り換えて東岸和田。駅を出て二車線の府道を南へ十分、マツダのディーラーを左へ曲がったところに、大阪府住宅供給公社、土生第二団地はあった。

「これがC、次がB……。A棟はあれですわ」

いちいち口に出しながら、マメちゃんは先を行く。私はまだすっきりしない。サルやキジでもあるまいに、なぜこんな遠くまでやつのお伴《とも》をしなければならないのだ……。

A棟にたどり着いた。九階建、茶色のリシンを吹き付けたそう大きくもない古びた建物だった。階段を上る。

二階。〈鎌倉由幸《よしゆき》〉の表札を確認し、マメちゃんは壁のボタンを押す。しばらくして、ドアが開いた――。

「おやじ、入院中ですねん。何か」

マメちゃんの差し出した名刺を眺めながら、鎌倉由幸氏はいう。年は四十過ぎ、痩《や》せ型、色黒。表情は硬く、口は重い。明らかに我々を警戒している。

「ちょっと訊《き》きたいことがありまして……。病院どこですか」

「岸和田の市民病院。行っても、おやじ、話できませんで」

「何でです」

「心筋梗塞《こうそく》。倒れてもう一週間になりますわ」

「そら心配ですな」

「糖尿病やし、血圧も高かったからね。……立ち話も何やし、中に入って下さい」

玄関横の和室に通された。四畳半、押入れの横に整理だんすが一棹《さお》、あとは電気ごたつがあるだけの殺風景な部屋だった。

由幸は押入れから座ぶとんを出して勧めた。私とマメちゃんは並んで坐《すわ》った。

「ここ、おやじの部屋ですねん」

ぽつりといい、由幸はこたつの向こうに腰を下ろす。

「お父さんの容態、どないです」マメちゃんが訊く。

「重症ですな。ＣＣＵとかいう部屋で集中治療を受けてます。うちのよめはんと娘、病院に行ってまして。すんまへんな、お茶も出さんと」

「気ぃつかわんとって下さい。ところで、今日ぼくらがお邪魔したんは――」

マメちゃんは来訪の目的を手短かに説明した。南原規子がカーディナルの支配人におさまっていると聞いて、由幸はかなり驚いたようすだった。

「――というわけで、あの事故のあと、おとうさん、どんなふうに事後処理をしはったんか詳しいことを聞きたいと思いまして」

「なるほどね。そんなことになってたとはね……」

由幸は白髪まじりの頭をひとかきして、「わし、あの店のこと、あんまりちゃんと知りませんねん。こんなこと、恥ずかしいて人様にいえたもんやないんやけど――」

鎌倉善造が西区靭本町にふぐ善ののれんを上げたのは昭和三十年、その時、由幸は小学校五年生、ひとりっ子だった。

店は善造の生まじめな働きぶりと妻幸江《ゆきえ》の客あしらいの良さもあって順調に発展した。善造は由幸に店を継いでほしかった。ことあるごとに、板前修業をしてくれと由幸にいった。

由幸は家業が嫌でならなかった。行かなくていいという大学に無理やり入った。京都の三流私立大学だった。そこで、由幸は遊び呆《ほう》けた。二度留年した。バイト先の専門学校生と同棲《どうせい》した。それを知った善造は怒り、仕送りをやめた。由幸は大学を中退し、バイト先の電器販売店に正式に就職した。女とは別れた。

「そうこうするうちに、お袋がぽっくり逝ってしもた。ガンでした。わしが要らん心配かけたせいかもしれません。おやじ、がっくり来たみたいやけど、わし、店を手伝うとはいわんかった。意地でも店には戻ったるかい、そう思てました」

「ほな、地上げ屋や立ち退かせ屋のことなんかも……」

「話には聞いてました。店の隣で人相の悪いのが騒ぎよる、いうてね。そやけど、あの頑固おやじが店を売るわけない。何せ、暖簾《のれん》が命、いう人間やもんね」

「南原規子についてはどうです」

「顔と名前くらいは知ってます。あの店、おやじのほかには板前が一人と仲居が二人、それと手伝いのバイトの子がいつも一人か二人いてました」

「こんなこと訊きにくいんやけど、中毒で死んだ客の遺族に、おやじさんは何ぼほど賠償しはったんですやろ」

「千五百万ですわ。それで和解したみたいですな」

「それは……」

「店を売った金が五千万。税金に一千万ほど取られて、従業員に退職金として五百万、賠償に千五百万。……十五の時から五十年間働き通して、おやじに残ったんはたったの二千万。ほんま、すずめの涙ですな」

吐き捨てるようにいって、由幸はためいきをつく。考えたくはないが、善造が死ねば、その二千万円は由幸のところへ行くわけだから、彼がそんなふうに残念がるのは分からなくもない。

「店を売った時、大谷興産との間にトラブルはなかったんですか」と、マメちゃん。

「それは何も聞いてません」

「安値で買い叩《たた》かれたというようなことは」

「ありません。……あのあたりの土地は坪二百五十万で、相場どおりですわ」

ふむ、マメちゃんはこっくり頷《うなず》いて、

「最後にひとつ。南原規子と一緒に働いてた板前と仲居さんの連絡先を教えて下さい」

「おやすいこっちゃ。ちょっと待って下さい」

由幸は立ち上り、整理だんすの最上段の抽斗《ひきだし》を開けた。中から黒い手帳を取り出し、名前と住所を告げる。それを、マメちゃんはメモ帳に手早く書き取った。

「夜分遅う、どうもすんませんでした」

マメちゃんは正座になり、両手を膝《ひざ》に揃えて深くお辞儀をした。私も頭を下げる。

玄関で靴を履きながら、

「あ、そうそう。ぼくらがここへ来たこと、誰にも喋《しゃべ》らんとって下さいな」

「そら何でです」

「いや、ちょいとわけありですねん」

鎌倉家をあとにした。時計を見れば午後九時三十分、つまらぬことに時間をつぶした。我がマンションに帰り着くのは十一時近くになるだろう。

「わし、いったい何をしに来たんや。喋ってるのはマメちゃんだけ。わしは横でボーッと坐ってただけやないか」

「大物はみだりに口きいたりせんのです。後ろにデンと控えてるだけでよろしいねん」

「わしゃ、マメのペットか」

「ペットというのは、もっと愛敬《あいきょう》のあるもんです」

「何とでもいえ。さ、帰ろ帰ろ、早よう帰って風呂《ふろ》入ろ」

「まだ九時半でっせ。ちょいと一杯どうです。ミナミあたりで」

「さっきもいうたやろ、もう小遣いあらへん」

「ぼく持ってまっせ」

「それを先にいえ」

　唇をなめた。

　南区三津寺、御堂筋《みどうすじ》の西側で、このあたりはいわゆるミナミの中心街から外れているため、比較的安い店が多い。

「いったいどこやねん」

「ぼくも初めてやから」

「どこで飲んでも同じやろ」

「どうしてもその店でないとあきませんねん。あった。ここですわ」

元はうすいブルーだったのだろうが今は色褪《いろあ》せてグレーになった小さな雑居ビル、ところどころに亀裂《きれつ》の入った案内板を見て、マメちゃんはいった。

四階、赤いペイントをぼってり塗った安っぽい扉。そこがスナック、コスモスだった。

マメちゃんに続いて中に入った。短いカウンターに丸椅子が七つ、三坪か四坪の狭い店だ。先客はいない。

いらっしゃいませ、洗いものの手を休めてママと覚しき女性がいった。三十代半ば、痩せぎす、眉《まゆ》が細く、眼が大きい、唇は厚く、頬が尖《とが》った感じ。私の最も嫌いなタイプだ。

私とマメちゃんは一番奥に席をとった。

「初めてですね。お飲み物はどうしましょ」

「水割り下さい。それからレーズンバター」

「わし、だし巻き」

——一時間ほど飲んだ。マメちゃんは、阪神のチーム状態がどう、ユーミンのステージ衣裳《いしょう》がこう、と次々話題を変えながら、終始喋っている。座持ちがいいから退屈しない。無口な私は、横に坐って笑っているだけ。

「ところでママさん、ここ、ひとりでやってはるんですか」

たばこを吸いつけて、マメちゃんはいう。

「こんな小さい店、人を雇うたらやっていけません」

「失礼ですけど、お子さんは」

「一人です」

「おいくつですか」

「去年の春から中学校へ行ってます」

「ママが店してはる間はご主人が？」

「主人、いません。死にました」

「そら、すんません。つまらんこと訊《き》きました」

「いえ、いいんです。うちの子、ひとりで留守番してます」

「ママさん、こういう商売はいつから」

「もう六年かな。……何や戸籍調べみたいですね」

「あ、いや、どうも……」

マメちゃんはポンと額を叩き、「帰ります。お愛想して下さい」

——コスモスを出た。

「何やあれ。ああいうネズミみたいなおばはん、わし、かなわん」

「未亡人でっせ、未亡人。黒さんの好みですがな」

「コブつきは要らん」

「高望みしたらあきません」

「どこが高望みじゃ、え」

「大声出しなはんな。恥ずかしい」

「あんな店、二度と行かへんぞ。そもそも誰の紹介や」

「誰の紹介でもおません」

「ほな、何で行った」

「あのママさんね……安井謙二のこれですねん」マメちゃんは小指を立てる。

「安井いうたら、あの、ふぐ善で死んだ……」

「そう、中毒事故の被害者です」

「すると、あのママの名前は安井……」

「いや、安井やおません。名前は川口佳子《かわぐちよしこ》。死んだ安井とは結婚してなかったんです」

「いわゆる内縁の妻いうやつか」

「ママさん、子供が一人いてるとかいうてましたやろ。……安井の子やおません。別れた前の亭主の子ですわ」

「何や、ややこしいな。前のだんなとは」

「生き別れ。子供は佳子が引き取りました。で、食わんがための水商売」

「そこで安井と知りおうた、いうわけやな」

「そういうことです」

「このはったりマメ。飲みに行こととかいうし、機嫌よう従《つ》いてきたら、何のことはない、訊き込みやったとはな」

「いっぺん顔を見ときたかったんですわ、安井謙二のよめはんの」

「見るべき顔でもなかったけどな。……ああ、酔みすぎた」

私は近くの電柱にもたれかかった。


——そして一週間。

チャイムの音で眼が覚めた。頭を振りながらベッドを出て、よろよろと玄関へ行く。

「どなた」

「ぼくです」

聞きたくない声だった。鍵《かぎ》をあける。

「朝っぱらから何や」

「もう朝と違いまっせ。今は十一時」

「非番の日くらい、好きなように寝させてくれ」

深夜スーパー強盗事件はきのうでけりがついた。ハリガネの出処もつきとめ、一件書類もまとめ終えた。今日は半月ぶりの休日である。

「人間、惰眠を貪《むさぼ》ったらあきません。非番の時こそ、普段にも増して活動するんです。書を捨て、街に出るんです」

「捨てる書なんか持っとるかい」

「おっと、あほなことというてる場合やない……ラグビー、ラグビー」

マメちゃんは私の横をすり抜け、中に入った。テレビをつけて、前にどっかりとあぐらをかく。日本選抜チームとアイルランド招待チームとの試合を中継している。今、スコアは24対0、アイルランドチームのリードだ。

私が棲息《せいそく》しているのは、北区天神橋筋《てんじんばしすじ》六丁目のいわゆるゲタばきマンションの三階で、一階が喫茶店とゴルフショップ。二階から四階までが賃貸住宅。狭い階段をはさんで各階に二つの独身者用住宅がある。その規模といい、佇《たたずま》いといい、マンションというよりはアパートと呼ぶ方が似つかわしい。しかし、梅田まで歩いて十五分の地の利と、いまどき2DKで月々四万円の家賃はまことに魅力というほかなく、私としては充分満足している。

私はパジャマを脱ぎながら、

「で、何の用事や。まさかテレビを見に来たわけやないやろ」

「今日は黒さんと新聞社へ行こうと思て」

「また何ぞ良からんことを考えとるな。例のライフワークとかいうやつか」

「よくご存じで」

「わし、ほんまに嬉《うれ》しいわ。仕事熱心な後輩を持って」

「あ、あかん、またトライや」

——三時までテレビを見ながらぐずぐずし、コーヒーを一杯飲んでマンションを出た。桜橋の日興新聞社、マメちゃんは受付で社会部記者の鎚田《つちだ》を呼んだ。

鎚田はすぐに現れた。

「こら珍しい。黒ケンはんも一緒でっか」

「その、黒ケンいうの、わし嫌いやねん」

「ほな、黒木《くろき》憲造《けんぞう》巡査部長……」

「そらあんまり堅苦しい。黒さんでええがな、黒さんで。それにしても、久しぶりやな。元気にしてたか」

「ぼちぼちですな。最近は大きなネタが少のうてね」

鎚田はいわゆるサツ回りの記者で、南署とその周辺の西署、大正署を持ち場にしている。年は私より一つか二つ下、もうベテランだ。

「ま、お茶でもどうです」

鎚田は我々を三階の喫茶室に誘った。

注文を終えて、

「じっくり調べました、大谷興産の内情」

鎚田は口を切った。彼はどうやらマメちゃんの探偵助手を務めているらしい。

「あそこ、はっきりいうて詐欺会社ですな。いわゆる原野商法」

「詐欺とは聞き捨てならんな」

「社長は大谷房雄《ふさお》、五十二歳。その世界では名の通った古狸です。この古狸には相棒がおって、名前は瀬良《せら》昌孝《まさたか》。二人してあくどい金儲《かねもう》けに精出してますわ」

「どういうことや」

「手口はいつも同じ。まず、休眠会社を買収して、ダミーの不動産会社を設立する。代表者には誰か適当なのを据える。そうして、売るのは北海道の土地。長万部《おしやまんべ》や静狩《しずかり》近郊の原野を、別荘地にどうですとか、投機の対象に最適ですとかいうて売りまくるんです。坪あたりの売値は一万五千円から二万円。対するに、公示価格は百五十円」

「そらひどい。百倍やないか」

「そやから、儲かるんです」

「何で手が後ろにまわらんのや」

「あの豊田商事みたいに紙きれを売ってるわけやない。売った土地は登記をします」

「法的にはどうあれ、被害者は黙ってないやろ」

「黙ってないから、適当な時期に会社をつぶすんですわ。利益は既に大谷興産が吸い上げてます」

「そうやって北海道の原野が次々に大谷の持ちビルに化けとるというわけやな」

「で、今度建ったあの七階建ビルですけど、驚くなかれ、南原規子はただの支配人やのうてカーディナルの共同経営者ですわ」

「何やて！」

マメちゃんのかん高い声。まわりの記者連中がこちらを見る。鎚田は声をひそめて、

「登記上、レストラン・カーディナルの出資者は大谷興産と南原規子いうことになって

ます。出資比率は一対一」

「それで」

「あのビルの一階テナントスペースの敷金、権利金は坪あたり百万。カーディナルは三十坪やから三千万。内装費が坪七十万で約二千万、什器《じゅうき》類が一千万とみて、しめて六千万。ということはつまり、南原規子は少なくとも三千万という大金をカーディナルに出資したことになります」

「その三千万の内訳は」

「自己資金が千五百万。残りは銀行借り入れです」

「担保は」

「なし。……代わりに、大谷興産が規子の保証人になってます。共同経営とは名ばかり、実質的には大谷興産の丸抱えですな」

「その、保証人に関しては分った。……分ったけど、規子が用意した千五百万についてはどうなんやろ。そんな大金、仲居の規子に貯められるかな」

あごに手をあててマメちゃんがいうと、

「その答え、ありますわ」

鎚田はポケットから一枚の写真を取り出した。テーブルの上に置く。キャビネ判、にやけた四十男を真中に厚化粧の女が五、六人、背もたれの高いソファに並んで坐《すわ》っている。前にウイスキーのボトルやつまみ類があるところを見れば、どこかのバーかクラブらしい。

「玉屋町の『ローリー』いうクラブですわ。格は二流。仲居の規子は、ふぐ善には内緒で四年前の夏から去年の暮れまでここに勤めてました」

鎚田は写真の右から二人め、和服の女を指で叩《たた》く。少し痩《や》せてきつい感じだが、それは確かに、南原規子だった。

「バイトですわ。月、水、金、土の週四日。時間は午後十時から午前一時まで。ふぐ善は九時に閉まるし、それから行ってたみたいですな。ローリーでの規子の名前は多加子《たかこ》、別名うわばみのお多加。何せ、酒が強かったらしい」

「そういうの、おるな。顔が不細工、話も下手、酒飲むしか能のないホステス」

「それが結構、上客をつかんでたんですわ。一人だけやけど」

「それ、何者や」

「三協金属の営業部長」

「大会社やないか。タデ食う虫も好き好き、いうやつやな」

マメちゃんは写真を手にとる。

「おりゃっ」と、驚いた声。

「何や、どないした」

「……いや、何でもおません。この真中に写ってるハゲ、あんまりうちのおやじに似てるもんやから」

「くだらんことにいちいちびっくりするな」

「しかし、黒さん、こいつはいよいよ本物ですな。南原規子はカーディナルの共同経営者。ぼくら、ひとやま掘りあてたみたいでっせ」

「その、ぼくら、いう言い方やめてくれへんか。わし、好きでこんなことに首突っ込んでるわけやないんやで」

「またそういうおじんくさいことをいう。人間、好奇心とヤジ馬根性なくしたら死んだも同然でっせ」

「もうこれ以上の厄介事はいらん。何の因果でこんなマメな相棒に恵まれたんやろ」

「すんませんね、勤勉な性格で」

「それで亀田さん」

鎚田が口をはさむ。「これからどないするつもりですの」

「それはやね」

マメちゃんは勢いよく席を立ち、「……さあ、どないしまひょ」

南区笠屋《かさや》町、マメちゃんと私は割烹《かっぽう》『海幸《かいこう》』にいる。鎚田に紹介してもらった店だ。鎚田と別れる際、彼は何度も念を押した。今は我慢するけど、このネタ、必ずわたしにくださいな——。

「あの事件ならよう覚えてまっせ。何せ狭い業界のことやからね」

ぶ厚い白木のカウンターの向こうで、海幸の経営者、福島《ふくしま》はにこやかにいう。

「これは大きい声でいえんけど、客に肝を食わせるふぐ料理屋、ようけあるんでっせ。肝は脂が乗って旨《うま》いからね」

「そんな毒の塊、食わしてもええんかいな」

熱燗《あつかん》を注ぐ手をとめて、マメちゃんはいう。

「ほんの一切れくらいなら別条おません。あの事件も、お客さんが肝を食うてみたいというたんでっしゃろ。店の方も相手が馴染《なじ》み客やったら多少の無理は聞くもんです」

「しかし、死んだ安井は一見《いちげん》さんでっせ」

「そら妙やな。……ほな、やっぱり間違いやろか」

「間違《まちご》うて肝を出すてなこと、ありますか」

「絶対にない、とはいえませんな。それ、多分、隣の馴染み客に出すはずの皿が、間違うて一見さんの席へ行ってしもたんですわ。しかし、ま、いずれにしてもちょっと信じられんような失態でんな。……へ、できましたで。おまちどお」

カウンターに剣先イカの造りとフグさしが置かれた。箸《はし》をつける。フグさしがシコシコして旨い。

「ぼく、気になるんやけど……」

剣先をつまみながらマメちゃんがいう。「マスターは、ちょっとの量なら別条ないというたけど、ほな、いったいどれくらいの肝を食うたら命が危いんかな」

「そら一概にはいえませんわ。フグの毒いうのは強さにものすごう個体差があって、エサや棲息《せいそく》場所でえらい違いがあるみたいです。あの安井とかいうお客さん、めちゃくちゃ猛毒のフグにあたったんですな。運のない人や」

「マスターは肝食うたりしますか」

「たまにはね」

「何ともおませんか」

「舌が痺《しび》れることおまっせ」

「ようそんなもんを平気で食いますな」

「食うてみますか。ここにありまっせ」

「いや、けっこう。フグと心中するわけにはいかん。ぼく、死ぬ時は腹の上と決めてますねん」

「そらよろしいな。相手は誰です」

「うちのよめはん」

「あほくさ。もっとおもろいこといいなはれ」

ガハハハと、二人は大口あけて笑っている。その間に、私はてっさと剣先をみんな食ってやった。

翌、四月三日。大阪市旭《あさひ》区で独り暮らしの助産師が失跡した。夕方、銭湯で目撃されたのを最後に行方が分らなくなり、自宅から銀行の預金通帳と印鑑がなくなっていたのである。通報を受けた旭署が調べたところ、失跡の翌日、この通帳から五十八万円が引き出されていた。助産師に家出などの理由はない。府警捜査一課宮元班は捜査を開始した。　――私とマメちゃんの非番はたったの一日で終った。

旭署の捜査本部に投入されて半月、私たちは訊《き》き込み、地取りと、毎日を足を棒にして過ごした。そんな捜査の合間を縫ってマメちゃんは時々、日興新聞の鎚田と連絡をとりあっていた。捜査本部からの帰り、寄るところがあると、行方をくらましたことも幾度かあった。しつこく、ふぐ善疑惑を追いまわしているようだった。

――四月十九日。珍しく、私とマメちゃんは五時ちょっと過ぎに捜査本部を出た。

「黒さん、ぼく、これからカーディナルへ行きます」

ぽつりとマメちゃんはいう。

「何をしに行くんや」

「南原規子と、ちょっとこみいった話をします。材料は揃えました」

「材料て、まさか規子を引くつもりやないやろな」

「そうなるかもしれません」

「逮捕状《キップ》もないのに何をいう」

「引くのはぼくやない、西署です。……多分ね」

「マメちゃん、おまえ……」

「難しい顔せんとって下さい。大丈夫、自分に火の粉がかかるような真似はしません」

「わし、ついて行くぞ。心配や」

「おおきにありがとうございます。やっぱり黒さんや」

上着のポケットに手を突っ込み、背中を丸めてマメちゃんは歩く。

西区靭本町、カーディナルの前に来た。マメちゃんはひとりで中に入った。しばらくして出て来た時は、南原規子と一緒だった。黒いロングスカートにグレーのツイードジャケット、ブラウスは白のシルク、規子はひきつった顔で私を見た。

四ツ橋筋に面したコーヒー専門店に入った。窓際に席をとる。他に客は一人。カウンターでマスターと話をしている。

規子はブレンド、私とマメちゃんはアメリカンを注文した。ウエイトレスが行くのを待って、

「紹介します。こちらは黒木刑事」

マメちゃんは「刑事」というところを強調した。規子は膝《ひざ》に視線を落としたままじっとしている。

「さて、今日ぼくらがここへ来たんは、さっき説明したように、去年の一月二十五日の中毒事件についてもういっぺん話を聞きたいと思たわけで、別に南原さんをどうこういうつもりではありませんから、その点は安心してこれから訊《たず》ねることに答えてほしいん

です」

マメちゃんは長い前口上をふるい、「最初にお訊きします。……あの日、二階の座敷で安井さんたちのテーブルの世話をしはったん、南原さんでしたな」

「そうです」

「ということは、鍋《なべ》の材料を運んだのも南原さんですね」

「そのことは刑事さんに何べんも何べんも、口が酸っぱくなるほど説明しました。私らは調理場で盛った皿を座敷に運ぶだけ。皿の中身をいちいち改めるわけやないし、何が混ざってようと知ったことやありません」

規子は顔を上げていった。挑むような口調だ。

「気ぃわるうせんとって下さい。何べんも同じこと訊くんがぼくらの仕事です。……南原さん、ふぐ善が営業許可取り消しになってからはどないしてはりました」

「どないもしてません。他に行くとこないし、家におりました」

「南原さんの家、西区の堀江でしたな。堀江小学校裏の向陽荘《こうよう》いうアパート」

「そんなことまで調べてるんですか」

「あれこれ調べるのもぼくらの仕事ですがな」

「いったい、何の権利があって……」

「ちょっと待って下さいな。ぼくらは何も南原さんとケンカしに来たわけやおませんで。それとも何ですか、調べられて困るようなことがあるんですか」

「いえ、それは……」

マメちゃんにいなされて、規子は勢いをそがれた。

マメちゃんはひとつ空咳《からせき》をして、

「南原さん、ふぐ善が閉まってから、何日くらい向陽荘にこもってはりました」

「さあ、ふた月ぐらいですか」

「ほな、その間はどこにも勤めには出んかった？」

「ええ。もちろん」

「そうですか。どこにも出んかったんですか……」

呟《つぶや》きながら、マメちゃんは内ポケットからメモ帳を抜き出した。手早く繰る。「南原さん、矢野悦子《やのえつこ》という人、知ってますか」

「え……」規子の顔色が一瞬にして変わった。

「矢野悦子、南区玉屋町のクラブ、ローリーのママですわ。ママがいうには、南原さん、四年前の夏から去年の暮れまでローリーに勤めてはったとか。週のうち四日、時間は十時から一時まで。どないです、よう知ってますやろ」

「アルバイトです。ふぐ善がつぶれて失業保険もろてたし、よういわんかったんです」

「ローリーでの南原さんの名前は多加子。……多加子さんには馴染みの客がいた。名前は世長浩一《せながこういち》。一年半ほど前からローリーに顔を出すようになって、来た時は必ず多加子さんを指名した。……世長はローリーにとって上客でした。いつもひとりで来て、飲むのはレミー、払いはキャッシュ、領収証なし。これは内緒やけど、セーさんみたいなええお客さんがいつも多加ちゃんを指名するのは不思議で仕方なかった、と悦子ママはいうてました」

「…………」

「ぼく、ママさんに世長の名刺を見せてもらいました。三協金属第二営業部長です。ここでぼくがひっかかったんは、世長が領収証を欲しがらへんかったということです。三協金属いうたら大会社です。その大会社の営業部長が、経費で落とせるものを何でそうせえへんのか。で、ぼくは三協金属に問い合わせた。案の定、世長浩一という人物は会社にいてへんかった。ユーレイです、ユーレイ。……さて、このユーレイについてぼくには思いあたるフシがあった。そこで、知り合いの新聞記者に頼んで、西区にある某不動産会社の社員名簿と、親睦《しんぼく》旅行の写真を手に入れてもろた。その写真を持って、ぼく、ローリーへ行きました。ママさん、写真をひと眼見るなり、この人がセーさんです、といいました。……その人の名前、南原さんはご存知ですな」

マメちゃんの問いかけに規子は返事をしない。同じ姿勢のまま身動《みじろ》ぎもしない。

「世長浩一の本名は瀬良昌孝、四十二歳。大谷興産の取締役営業部長です。……瀬良が名前を偽ってローリーへ出入りしてたことについて、南原さん、納得の行く説明をしてもらえませんか」

「…………」規子の苦しそうな表情。

「そらそうですやろな。いえませんやろ。南原さんと大谷興産が一年半前、つまりふぐ善の隣で立ち退かせ屋がドンチャンしてるその最中から裏でつながってたとは、口が裂けてもいえませんわな」

そこへコーヒーが来た。どこか重苦しい我々の表情にウェイトレスが気づいたようすはなかった。

マメちゃんはアメリカンに砂糖を三杯も入れ、

「ふぐ善の板前さん、今は神戸の小料理屋にいてます。彼に聞いたところ、ふぐ善では、フグの腹を割いた時、肝と卵巣だけは生ごみのバケツに放り込まず、別の蓋《ふた》付きのステンレス容器に入れてたそうです。その容器は流し台の横に置いてたから、店の者が中からモノを出すのは雑作もないことや、というてました。……南原さん、あんた、瀬良から話を持ちかけられたんや。ふぐ善で中毒を起こせと。……もうすぐフグの産卵期やから今は毒性が強い。客に活《いけ》フグの肝を食わしたら、必ずひっくりかえりよる。そうなると、店は倒産、ふぐ善は立ち退く。……ちゃんと礼はするで。新しいビルが建ったら、一階にレストランを入れるつもりやけど、そこをあんたに提供する。な、こんなうまい話は二度とないで。……と、ま、瀬良はこんな具合に耳許《みみもと》で囁《ささや》きよったんですわ。どうです、ぼくの話、よう当ってますやろ」

規子の肩が小刻みに震えている。

「さ、もうそろそろ何もかも吐き出してすっきりしはったらどないです。去年の一月二十五日、客の安井謙二の鍋にフグの肝を混ぜたんは、南原さん、あんたですな」

「ち、違う。私は何もしてへん」

規子は激しく頭《かぶり》を振る。絞り出すような声だ。

「何もしてないと言い張るんなら、瀬良やカーディナルの件、どう説明しますねん。ただ知らぬ存ぜぬで通るほど、警察は甘いことおませんで」

「私、ほんまにやってへん」

「金めあての計画殺人。こいつは十年や二十年で済みまへんな」

熱のこもらぬふうにマメちゃんはいって、規子を見つめる。

——しばらくの沈黙のあと、

「分りました。ほんまのこと、いいます。瀬良は私に——」

規子は落ちた。


「ぼくに、どないしても分らんかったんは、安井謙二が死んでしもたことです。ただ単にふぐ善を営業停止にするのが目的なら、軽い中毒で上等です。……しかし、にもかかわらず安井は死んだ。これ、どういうことですやろ」

南区三津寺、スナック、コスモス。マメちゃんはママの川口佳子に、一言一言、嚙《か》んで含めるように話しかける。酒は飲んでいない。

「もっと不思議なんは、規子がカーディナルの共同経営者になりおおせたこと。鍋に肝を混ぜたという、ただそれだけの行為に、カーディナルの六千万の半分、三千万の値打ちがあるんやろか。仮にそういう密約があったとして、何で大谷興産はすんなり規子を共同経営者にしたんか。……ぼくが瀬良の立場やったら、規子には五十万か百万ほど握らせて、それで手を打ちます。けど、そうはならへんかった。以上二つの疑問がぼくの頭から離れんかったんです。で、ぼく考えました。安井が死んで得した人間、他におらんのやろか、安井を殺す動機を持ってる人間、おらんのやろか。……安井が死んだことで、ふぐ善から賠償金の千五百万円を受け取った川口さんのこと、調べてみるのは当然の手順です」

佳子のようすに変化はない。時おりグラスの水を口に運びながら黙ってマメちゃんの言葉に耳を傾けている。

「ぼく、失礼やけど、川口さんの経歴、調べさせてもらいました。生まれは兵庫県の淡路《あわじ》島。高校卒業後、大阪へ出て来て、貝塚の紡績会社に就職。そこに四年いて結婚。だんなさんは地元の工務店に勤める仮枠大工。子供は恭子《きょうこ》ちゃんという女の子が一人。堺《さかい》に家も買いはった。結婚して三年め、だんなさんが蒸発。原因は博奕《ばくち》と酒、それに女。堺の家もいつの間にやら借金の抵当に入ってた。……ま、お定《き》まりといえばこれ以上のお定まりもないお話やけど、川口さんは恭子ちゃんを実家に預けて働きだした。最初は生命保険の営業員、次は食品会社の包装係。それで、初めて水商売したんは六年前、ちょうど川口さんが三十の時でした。同じ頃、小学校に行くようになった恭子ちゃんを淀《よど》川区宮原のアパートに引き取って、親子二人の生活を始めてます。そして――」

それから二年、佳子には男ができた。名前は安井謙二、佳子の勤めていた北区曾根崎《そねざき》新地《しんち》のキャバレー『ベラム』の客である。

当時、安井は鉄筋工をしていた。東淀川区上新庄《かみしんじょう》の中村建設、そこの独身寮……といえば聞こえはいいが、要するに渡りの鉄筋工だった。安井は無類の酒好きで、おまけに月のうち半分も働かないというぐうたら。もらった給料はその日のうちにみんな飲み屋がさらって行くといった暮らしをしていた。

知り合って半年、安井は佳子のアパートへころがりこんで来た。どこにも働きに出ず、日がな一日、テレビを見ながら酒でも飲んでいたのだろう。要するに、ヒモだった。

そんな安井に嫌気がさした佳子は恭子を連れ、着のみ着のままでアパートを出た。ベラムもやめた。安井から逃げたのである。

佳子は此花区伝法に新しくアパートを借り、そこからミナミの畳屋《たたみや》町のバーへ勤めに出た。ところが半年ほど経ったある日、どこでかぎつけたのか、安井がアパートに現れた。で、以前と同じように殴る蹴《け》る。恭子は泣き叫んだ。この時、派出所の警官が止めに入っている。

安井は伝法のアパートに住みつき、またヒモ暮らしを始めた。佳子にすれば、とんだ男にみこまれたものである。

そうこうするうち、佳子は妊娠した。もちろん、安井の子である。産め、産まないで、かなり揉《も》めたようだと当時を知るバーの同僚はマメちゃんにいった。

結局、佳子は子供を堕《お》ろした。そんなことがあって少しは改心したのか、安井は四貫《しかん》島《じま》商店街のパチンコ屋に勤めだした。とはいえ、働きぶりはちゃらんぽらん。家には一銭も入れず、相変らず佳子から小遣いをせびりとっていた。

佳子は勤めを変えた。今度は玉屋町のクラブだった——。

「と、長い前置きはこれくらいにして、本題に入ります」

マメちゃんはポケットから写真を取り出した。「見て下さい」

カウンターの上に置き、ゆっくりと佳子の方に差し出す。それは、半月前、日興新聞の喫茶室で鎚田からもらったものだった。クラブの店内、客ひとりをはさんでホステスが六人並んでいる。確か、右から二人めが南原規子だった。

「ぼく、この写真見て、どんなにびっくりしたか……。この左端に写ってる人、誰ですやろ」

その瞬間、佳子の上体がピクッと震えた。

「そう。玉屋町のクラブ、ローリー。川口さんと南原規子。一昨年《おととし》の春から去年の春まで、二人は同じ店に勤めてました。それに、二人は店で一番仲のええ友人やった。……さ、川口さん、いうて下さい。安井謙二をどうやって殺したかを」

佳子に反応はない。じっと写真を見つめている。見つめてはいるが、それは何も見ていない眼だった。

「ここへ来る前、ぼくら、南原規子に会うたんです。規子は何もかも吐きました」

——去年の一月だった。少し早く店がはねて、規子は佳子を喫茶店に誘った。規子は客の世長の身元を明かし、その上で、ふぐ中毒を起こしてくれと頼まれているが、どうしたものだろう、と相談を持ちかけた。誰かに喋《しゃべ》らずにはいられない心境だった。

佳子は、そんな怖いことやめときなさい、と強くいった。それで話は終った。佳子に打ち明けたことで、随分気が楽になった。中毒の件は断ろうと規子は決心した。したが、瀬良にはそれをいわなかった。いえば捨てられると知っていた。規子は瀬良に惚《ほ》れていた。むろん体の関係もあった。

一週間後の一月二十五日。ふぐ善で中毒事件が起き、安井謙二という一見《いちげん》の客が死んだ。規子には覚えがなかった。偶然の死だが、これを利用してやろうと規子は考えた。そこで、安井に運んだ皿に肝があったような気もする、と警察の事情聴取に対する供述を少しずつ変えた。安井の死は業務上過失致死ということで落着した。

一月二十九日、此花区伝法の長安寺で安井の葬式があった。参列した規子は喪主席に坐《すわ》る佳子を見た。あまりの驚きに膝《ひざ》が震えた。

規子はすべてを悟った。安井を殺したのは佳子であるに違いないと思った——。

「何で規子はそんなふうに思たんか。……川口さん、あんた、規子に喋りすぎたんです。

『名前はいえんけど、私にはパチンコ屋に勤める内縁の夫がいて、ヒモ同然の生活をしてる。最近、競艇に凝りだして、一万円や二万円でも、金を持ちさえしたら必ず住之江《すみのえ》か尼崎《あまがさき》へ行く。そして、行くたびにすっからかんになって、アパートに帰り着くころには酒に酔うてぐでんぐでん。明日《あした》はぜったい取り戻したるんや、金を出せと喚《わめ》き散らす。それで金を渡せへんかったら、部屋中のものをひっくりかえす、私の髪の毛を摑《つか》んで引きずりまわす。生活費はもちろん、子供の給食費にまで手をつける。この間なんか、妙に真剣な顔をして、そんなに金に不自由してるんなら、クラブなんぞやめていっそのことソープランド勤めをしたらどうやというた。おまえの顔と身体やし、あと二、三年しか役に立たんやろけど、使えるうちに使わな損やで、ともいうた。そのくせ、私の帰りがちょっとでも遅うなったら、今日は何してた、誰と浮気してたとしつこう訊《き》く。……酒さえ飲まんかったら案外しおらしいとこもあって、パチンコ屋にも月のうち半分くらいは出て、馘《くび》にならん程度には働いてるみたいやけど、何せそういう人間や。子供つれて何べんも逃げたんやけど、そのたびにどこで嗅《か》ぎつけて来るんか、またぞろ私ら親子の前に現れる。あいつはダニや。逃げても逃げてもどこかから出て来て、首筋に吸いつく寄生虫や。あいつがおらんようになったらどんなに楽やろ、あいつが死んだらどんなにほっとするやろ。ほんまに私、もう疲れきってしもた』、ということを、あんたは規子に喋ってたんですわ」

──規子は迷った。安井を殺したのは佳子であろうと考えたが、口外することはできない。いえば、瀬良との仲が明るみに出るし、悪くすれば安井を殺したのは自分だと疑われるおそれもあった。

二月八日、ふぐ善は営業許可を取り消され、倒産した。規子は瀬良に会い、計画を実行したと告げた。瀬良はひどく狼狽《ろうばい》し、中毒事故を起こせとはいったが、何も殺すことはなかったと規子をなじった。封筒を手渡し、そそくさと席を立った——。

「受け取った封筒の中身は金でした。三十万円。それをバッグにしまいながら、規子はうそぶいてた。これしきの金で私が満足するとでも思てるんか、とね。……二、三日して、規子は瀬良に電話した。これはまがりなりにも殺人や、少なくとも三千万は欲しい、でないと、この件を警察にばらすぞ……と、無茶苦茶な言い分やけど、規子にしたら、安井は佳子に殺されよったいう考えが根にあるから、案外、平気やったんかもしれませんな」

マメちゃんは言葉を切り、グラスの水を一気に飲みほした。つられて、私も飲む。

「このばかばかしい脅迫は、意外にも効きめがあった。瀬良は殺人教唆いうのをひどくおそれた。詐欺師というのは知能犯やし、知能犯はこういう荒っぽいことを体質的に嫌うんです。それに瀬良は金に不自由もしてへん。……そんなわけで、何回かの交渉のあと、規子と瀬良の間には密約ができた。その内容は、川口さん、あんたも知ってるとおりです」

「カーディナルですね」

初めて佳子が口を開いた。

「瀬良は規子に現金を渡さず、手許《てもと》において監視をする肚《はら》やった。規子を支配人に据えたんはそのためです。カーディナルの値は六千万円。出資比率は一対一やから、規子の持ち分は三千万。その三千万の半分を大谷興産が保証人となって銀行から借り入れをし、残りの千五百万は規子が用意するということで話がついたんです。ほんま、規子にしたら願ってもないタナボタ……。確かにそうかもしれませんね」

「タナボタですわ」

佳子の口調はあくまでも平静だ。

「ところがどっこい、規子には千五百万いう大金はない。有金残らずかき集めて、用意できたんが千百万、まだ四百万円足らんと、思案投げ首のところに、ひょっこり思い浮かんだんが、川口さんあんたでした。……ふぐ善のおやじから受け取った賠償金のうち四百万、規子にかすめとられましたな」

「………」佳子は曖昧《あいまい》に頷《うなず》く。

「と、ここまではいちおうのまとめがつきました。次に、あんたが安井を殺した手口やけど、それを検討することにしましょか」

いって、グラスを口に運ぶ。空だと気づいて、たばこを咥《くわ》えた。火を点《つ》けて大きくけむりを吐き、

「規子は、あんたがどうやって安井を殺したんか、そこまでは知らんかった。そやから、これからいうことはぼくの推理ですわ。細かいとこに間違いはあるかもしれんけど、最後まで聞いて下さい。……規子が瀬良から中毒を起こすよう頼まれていることを何の気なしに、あんたは安井に喋った。聞いた安井は、こいつは金になると考えた。わしがふぐ中毒の芝居をするし、規子か瀬良から金をもらえるように段取りせい、とあんたにい

うた。聞いたあんたは、この際、この状況を利用して安井を殺してしまおうと思いついた。で、フグの肝を手に入れて、ビニール袋に包んで安井に持たせた。その時、これは養殖フグの肝やから、毒はない、と言い含めた。何も知らん安井はふぐ善に向った」

「ちょっと待ってくれ」

私はいった。「そのふぐ肝、どういう仕掛けがしてあった。何で安井は死んだ」

「それです、ぼくが一番頭を悩ましたんは」

「わしには見当がついとるで」

佳子を前にして、いってはいけないと思いつつ、つい口を出してしまう。

「それ、注射や。肝にテトロドトキシンの溶液を注射したんや」

「そう。致死量はたった二ミリグラム。ほんのゴマ粒程度です」

「ふぐ屋でフグを食うた客が死ぬ。剖検して検出されたんはテトロドトキシン。まさに完全犯罪や」

「と、いいたいんやけど、大きな落し穴があります」

「落し穴……」

「テトロドトキシン、どこに売ってます」

「何やて……」

我々のやりとりを見る佳子に表情はない。手を伸ばして灰皿に灰皿を重ね、取り替えた。

「テトロドトキシンは自分で抽出、精製するしかないんです。……フグの肝と卵巣をすりつぶし、苛性《かせい》ソーダの希釈液とエーテルを注いだあと、よく振り混ぜる。しばらく置いて分離した油分をまた試験管にとり……と、これは鑑識の連中からの聞きかじりやけど、こんなややこしいこと誰がします。テトロドトキシン、素人の手には負えません」

「ほな、どうせいというんや。わしには分らん」

「ぼくも悩みました。この壁をどないして越えるか……。黒さん、釣りをしますか」

異なことをいう。

「子供の頃はようした。一本五十円の竿《さお》に十円の浮子《うき》つけてな」

「ほな、知ってますやろ、そこいらの海岸へ行ったら、よう釣れる、あのエ、サ、と、り」

「エサとり？」

「青い背中にクリーム色の点々がいっぱいあって、腹はまっ白。体長十センチくらいの細長いフグ」

「知ってる。クサフグや」

いった瞬間、鈍い私にもすべてが読めた。佳子はクサフグの肝を使ったのだ。

「トラフグの肝を食うた場合、致死量は十ないし百グラム。対するに、クサフグは十グラム以下で死亡。極めて猛毒」

「同じ肝でも、食うた種類が違うというわけか」

「泉南《せんなん》あたりの魚市場に行ったら、クサフグなんぞその辺に腐るほど落ちてますわ」

小さくいって、マメちゃんはためいきをつく。

ドアが開いた。紺スーツの会社員風が顔をのぞかせて、

「ええかな、三人」

「あ、今日は休みです」佳子がいう。

「そやけど……」

「休みです。これからずっと……」

何やねん、ちゃんと開いとるやないか、ぶつぶついいながら紺スーツはドアを閉めた。

「刑事さん……」佳子の低い声。

「何です」

「恭子、どうなるんですか」

「すんません。ぼく、つまらんことしたかもしれませんな」

「けど私、あんなふうにするしかなかったんです」

「………」

「事件の十日ほど前、そう、日曜日でした。朝起きたら、安井と恭子のようすが何となくおかしいんです。それで、安井が出て行ってから恭子に訊きました。どうしたの……。すると、恭子は急に泣きだしました。泣きじゃくりながら、きのうの晩、おっちゃんが……と、こうです。小学校の六年生いうたら、体はもう大人です。それを聞いた時の母親の気持ち、刑事さんに分ってもらえますやろか……」

とつとつと話す佳子の頬に一筋光るものがあった。

指環が言った

――ノック。

浩一《こういち》はテレビから眼を離した。

「ちょっと開けてもらえませんか」ドアの外で声がする。

「ドヤ代なら払うたぞ、二日分」

「すんまへん、見てもらいたいもんがあってね」

「くそっ、しゃあないな」立って、錠を外した。

途端にドアが押し開かれ、男が二人入って来た。

「な、何じゃい、おまえら」

「こういうこっちゃ」

年かさの方、モヤシのようなちょろちょろ髪が黒い手帳を突き出した。

「福島《ふくしま》浩一やな」

「…………」

「理由《わけ》は分っとるやろ。さ、行こか」

「行くて、どこへ行くんや」

「羽曳野《はびきの》南署」

「何でおれが警察へ行かんなんねん」

「おまえ、そんなふうに四の五のいえる立場にあるんか自分の胸に手あててみい」

「ちょ、ちょっと待ってくれ」

「荷物か。荷物ならちゃんとまとめて、あとで署に届くように手配したる」

「いや、おれは……」語尾がかすれる。

「もうええ。早よう服を着んかい」

ベッド脇に脱ぎ散らしたニットシャツとズボンを、若い方のメガネの刑事が拾い、放って寄越した。


「どこやねん、え。死体、どこに埋めた」

「知らん。おれは何も知らん」

「ええ加減にせんかい」

モヤシ頭がテーブルを叩《たた》いた。灰皿が跳ね、灰が散る。

「おまえ、何で飯場を出たんや。工事はまだ半分も済んでへんのやぞ」

「工事が終ろうと終るまいと、おれらはただの日雇いや。いつ飯場を抜けようと勝手やろ」

「おまえ、同僚には、この現場は楽や、飯もうまいとかいうて、えらい気に入ってたそうやないか。それに、やめるともやめへんともいわずに消えてしもたもんやから、最後の二日分の日当、受け取らんままになってる。おまえ、よっぽどあわてとったんやな」

「別にあわててへん。あの金は近いうちに受け取りに行くつもりやった」

「兵庫県の三田《さんだ》いうたらえらい遠いとこや。西成から三時間近うかかる。何でちゃんと精算してからやめんかった」

「そんなもん、いちいち説明することないやろ」

「こら福島、誰にものいうとるんや」

後ろからメガネに襟首を摑《つか》まれた。苦しい。息ができない。

浩一は手を振り払った。

「おれ帰る。こんなとこにおれるかい」

浩一に逮捕状は示されていない。任意同行である。

「おまえ、ドヤ以外に帰るとこあらへんやないか」

「あろうとなかろうと、おれは帰るというたら帰る」

「喋《しゃべ》ること喋らんと帰ったら、また明日《あした》も来てもらうことになるぞ」

「もうけっこう。二度と来るかい」

「そうか……」

モヤシ頭はひとつうなずいて、「それやったら、こっちも短期決戦でいかんならんな」

「何や、どういうこっちゃ」

「ええもん見せたろ」

モヤシ頭は上体を引き、ズボンのポケットから封筒を取り出した。口を開け、テープル上で傾ける。カランと乾いた音がして中からころがり出たのは指環《ゆびわ》。カマボコ形の台にダイヤを埋め込んだ男物の指環だった。

「お、どないした、顔がひきつったやないか」

「…………」

「な、福島、この指環、どこで手に入れた」

「知らん。そんなもん見たことない」

「嘘ぬかせ。ネタはあがっとるんやぞ」

「…………」

「何やったら、ここへ明美《あけみ》を連れて来たろか」

「くそっ……」

浩一はこぶしを握りしめた。

「たばこ、くれへんか」

「おう。二本でも三本でも好きなだけ吸え」

モヤシ頭がハイライトを差し出す。浩一は一本抜いて火を点《つ》けた。

「しゃあない、ほんまのこというわ。刑事さん、聞いてくれ——」

吐いたけむりが眼にしみた。

「あいつ、いっぺんえらいめにあわしたる」

「おもろい。どういうめにあわすんや」

「一、二発、かましたるんやないけ」

「そのよぼよぼの体で何をかますんや、何を」

「ごちゃごちゃうるさいぞ」

　会話になっていない。二人ともかなり酔っていて、おっさんはくどくどと現場監督の悪口ばかり言い散らしている。

「待て。ちょいと待て」

おっさんは立ち止まった。上体が揺れている。

「どないした」

「用事や、用事」

いうなり、おっさんはふらつく足で道路脇の雑木林の奥へ入って行く。

「おっさん、ついさっきしたばっかりやないか」

浩一も林の中へ入った。おっさんから少し離れ、栗の木に向かって用を足す。

「おい」

浩一は話しかけた。「あれ何や、財布と違うか」

あごで、斜面のすぐ下、浅い窪地《くぼち》になったところを示した。窪地の真中、落ち葉の上に黒い小さな長方形がある。

「ほんまやな。ほんまにそうみたいや」

おっさんはジッパーを上げると、草をかきわけながら斜面を降りた。拾う。

「財布や。やっぱり財布やがな」

「何やと」

浩一も駆け降りる。

それは確かに財布だった。二つ折りの黒い革の札入れ、水を吸って膨らんでいる。

おっさんは中を改めた。

「おお……」

濡《ぬ》れた千円札が内革に貼りついている。

「金や、金やぞ」

「何ぼある」

「待て」

おっさんは札を抜いた。破れないように一枚ずつ慎重にはがす。一、二——千円札が五枚と一万円札が二枚あった。

「かせ」

浩一は札を引ったくった。

「何をする」

「おっさんに五千円やろ。見つけたん、おれや」

「じゃかましい。拾たんはわしや」

おっさんが浩一の手を摑んだ。振り払おうとするが、離さない。

「返せ。返さんかい」

「このくそじじい」

おっさんに飛びかかった。重なりあって倒れる。

おっさんは下から膝《ひざ》を突きあげる。浩一はところかまわず殴りつけた。抵抗が止む。

浩一はすばやく立ち上り、札と札入れを拾った。おっさんが上体を起こそうとするのを思いきり蹴《け》りつける。ウグッと呻《うめ》いて、おっさんは丸くなった。その背中に五千円を放る。

「なめた真似したらあかんで」

吐き捨てて、二万円と札入れをポケットに収めた。

取調べ室に男が二人入って来た。一人は赤ら顔のデブ。もう一人はひょろっと背の高いノッポ。二人とも口をきかず、浩一の斜め後ろに並んで立った。

「で、そのおっさん、名前は何といううんや」

モヤシ頭が話を継ぐ。浩一は二本めのたばこを揉《も》み消して、

「名字は鎌田《かまた》。名前は知らん」

「年は」

「五十……いや、六十かな」

「飯場の同僚やというのに、それくらいしか知らんのか」

「おれ、あんな陰気くさい老いぼれ、大嫌いや」

「ほな、何でその日は鎌田といっしょやった」

「おれ、四時ごろ仕事終ったし、バスに乗って三田の駅前までパチンコしに行ったんや。ほいで、そのパチンコ屋でおっさんに会うた。おっさんは勝ってたから、一杯飲ましてくれというて、ついて行った」

「飲んだあと、いっしょに飯場へ帰る途中、札入れを拾たと、そういうわけやな」

「ま、そうや」

「おまえ、鎌田を蹴りつけてから、どないした」

「飯場へ帰った」

「鎌田は」

「三十分ほどして、帰って来よった。泣きそうな顔してたで」

三十畳の大部屋、折りたたんだ湿っぽいふとんを枕に、浩一は横になって週刊誌を見ていた。

鎌田は上り框《かまち》に腰を下ろしてのろのろと靴を脱ぎ、膝立ちで這《は》うようにして浩一のそばに来た。他の作業員のようすをうかがいながら、押し殺した声で、

「ゼニ、返さんかい」

「何やおっさん、もういっぺん痛いめにあいたいんか」浩一も小さく応じる。

「全部とはいわん。あと一万、寄越せ」

「ほざくな。さっさと寝んかい」

「このガキ……」

鎌田は言葉を切り、しばらくの間、浩一を睨《にら》みつけていたが、「おまえ、月夜の晩だけと違うで」

ひとつ捨てぜりふを吐いて立ち上った。


——翌日は雨だった。浩一たちの仕事はゴルフ場の造成だから作業はない。同僚のほとんどは大部屋にくすぶっている。

昼食後、浩一はちびりちびりとコップ酒を飲んでいる鎌田に話しかけた。

「おっさん、これから駅前へ行ってみいへんか」

「おまえとなんか、二度と飲むかい」

「ま、そういうな。これ見てみい」

浩一は作業服の胸ポケットからきのうの札入れを出した。中から三枚のプラスチックのカードを抜き出す。

「何や、それ」

「知らんのか。三協銀行、東洋銀行、大東銀行、みんなキャッシュカードや」

「そんなもん、どないした」

「財布の中に入ってたんやないけ」

「それをわしに見せてどないするつもりや」

「このカードな、ひょっとしたら金になるで」

「金になる？」

鎌田の表情が動いた。酒くさい息で、「どういうこっちゃ。いうてみい」

「銀行に電話して預金残高を聞くんや」

「銀行が他人にそんなこと教えるんか」

「口座番号をいうたら教えてくれる。カードは三枚もあるし、ぎょうさんの金が入ってたら、こら何とかせないかんやろ」

「金を引き出すんか」

「あほ。暗証番号も分らんのに、そんなことできるかい」

「ほな、どうせえというんや」

「カードを持って持主のとこへ行くんや。キャッシュカードは預金通帳とハンコがいっしょになったもんやし、一割くらいの礼金はくれる」

「ゼニと財布はどうするつもりや。二万五千円、返すんか」

「それは残高を確かめてから決めたらええ。おれのカンでは礼金の方がずっと多いような気がする」

「おまえ、何でそんな話をわしにするんや。何が狙いや」

「財布を拾たんは二人や。二人で行ったら、礼金が倍になるかもしれんやろ。もしそうなったら、おっさん、もろた礼金の半分をおれに寄越せ」

「おまえ、ヘビやな」

「何でや」

「ヌメッとして、執念深うて、悪知恵が働く」

「わけの分らんことぬかすな」

浩一は鎌田の眼を見て、「どうなんや。おれのいうとおりにするんか、せえへんのか」

「…………」

鎌田は答えず、両手を膝にあててさも大儀そうに立ち上った。「ま、あてにはせんけど、行ってみよか、駅前へ」


三田駅へ行くバスは一時間に三本、飯場を出て、細い曲がりくねった地道《つちみち》を一キロほど降りた県道に停留所がある。

二人は炊事のおばさんにビニール傘を借り、停留所まで歩いた。鎌田の足取りはおぼつかない。朝から酒びたりだ。

午後二時、駅前に着いた。バスターミナルそばのコンビニエンスストア、そこの公衆電話を使って、浩一は電話をした。キャッシュカードを見ながら、

――三協銀行ですか。店番号一八六いうのはどこの支店ですやろ。

――大阪の羽曳野支店です。

――そこの電話番号、教えてもらえますか。

――〇七二九、五三の――。

同じ方法で三つの銀行の支店所在地と電話番号を聞き、それをチラシの裏に書いた。東洋銀行は大阪藤井寺《ふじいでら》市の藤井寺北支店、大東銀行は羽曳野市の古市《ふるいち》支店。キャッシュカードの名義人「トキワカズミチ」は、羽曳野市か藤井寺市に住んでいる可能性が強い。

「さ、本番やぞ」

浩一は振り向いて鎌田にいった。鎌田は小さくうなずく。

ダイヤルをまわした。

――大東銀行古市支店でございます。

――預金残高を知りたいんやけど。

――口座番号をお教え下さい。

――〇四八二三四。

――失礼ですが、お客様のお名前は。

――トキワ、トキワカズミチ。

――しばらくお待ち下さい。

「どや、何ぼやいうてる」

鎌田が後ろからつつく。

「待て。ごちゃごちゃいうな」

——お待たせしました。トキワカズミチ様、現在、四百七十八万五千三百二十円の預金残高がございます。

——そ、そうでっか。

一瞬、声が震えた。——すんまへん、もういっぺんお願いします。

——四百七十八万……。

受話器を置いた。

「何ぼや。何ぼやった」

鎌田が訊《き》く。浩一は渋面を作って、

「四千七百円。端金《はしたがね》や」

「何じゃい、スカか」

鎌田はそう落胆したふうもなく、「次はわしが聞いてみる」

「やめとけ。どうせ大した金やない。聞くだけ無駄じゃ」

いいつつ、鎌田の腕をとって後ろを向かせ、背中を押す。

「おまえ……」

鎌田が呟《つぶや》いた。「どうもようすがおかしいな」

「おかしいことなんかあるかい」

「ほな、この手を離せ。わし、電話する」

「せんでもええ」

「こら、ほんまのこといえ。金、何ぼあったんや」

「…………」

「そうか、そうか。いいたないんならいわんでもええ。わし、もう飯場へ帰る。帰って、みんなに、おまえが財布拾たことを言いふらす」

「おっさん、五千円ネコババしといて、ようそんな真似できるな」

「放っといてくれ。わしの勝手じゃ」

鎌田は歩き始めた。

「待て、待たんかい」

「もうおまえのいうことなんぞ聞くか」

「ま、待て」

浩一は鎌田の前にまわりこんだ。「ほんまのこといお。……残高、四百八十万やった」


「おまえ、根性腐ってるな。自分の連れまで騙《だま》そうとしたんか」

モヤシ頭があきれたようにいう。浩一は机に片肘《かたひじ》ついて、

「思いもかけん大金や、そんな気にもなる」

「残りの二つの銀行にも電話したんやろ。残高、何ぼやった」

「三協銀行が二百万。東洋銀行が三百二十万ほどあった。大東と合わせて一千万や。そ

れでおれ、藤井寺と羽曳野の番号案内に電話した」

「何じゃい、交番には行かんかったんか」

「途中で気が変わったんや。おっさんと相談して、一千万、何とかして丸ごと手に入れよということになった」

「暗証番号知らんやないか。それに、紛失したカードやから銀行に事故届けが出とるはずや」

「そんなことにまで気がまわるかい」

「まるっきりの欲ぼけやな」

「わしら、しがない労働者や。この機会逃したら一千万もの大金、一生手に入れることできへん。少々の危ない橋やったら渡ったろと思た」

「その、トキワカズミチいうの、どこに住んでた。番号案内で、藤井寺か羽曳野か確めたんやろ」

「羽曳野や。おれ、おっさんといっしょに羽曳野へ行った」

浩一と鎌田は三田から電車に乗った。福知山《ふくちやま》線で大阪、地下鉄に乗り換えて天王寺《てんのうじ》。阿部野橋《あべのばし》から羽曳野へは近鉄南大阪線、二人が古市駅に降り立ったのは午後四時すぎだった。

改札を出た。駅前は小さなバスロータリー、それを囲むようにスーパー、薬局、ドーナッショップなどが並んでいる。

浩一は薬局前の公衆電話ボックスに入った。電話帳を繰る。

《常盤和道、古市一—二、トモエビル三〇五》と、あった。

ボックスを出た。

「一丁目というから、常盤の家、このすぐ近くや。おれ、ようすを見て来るし、おっさんはそこの喫茶店で待っとれ」

「よっしゃ。そうする」

鎌田はスーパーの隣のコーヒーショップに入った。浩一は電柱の住居表示板を見ながら西へ歩く。

浩一たちが古市まで来たのは、もちろんキャッシュカードの暗証番号を知るためだ。そのために浩一はいくつかの策を立てた。

ひとつは、和道に電話をして、「警察の遺失物係だが、あなたのものらしいキャッシュカードの拾得の届け出があった。ついては本人かどうかを確認するため暗証番号を教えてもらいたい」と、そういう案。これはしかし、すぐに嘘と見抜かれる。

ふたつめは、常盤家に押し入って家人をふんじばり、力ずくで口を割らせる方法。ひとつめのプランよりは勝算があるが、あまりにも荒っぽい。ただの強盗と何ら違いはない。

思案投げ首の末に考えついたのは、常盤家に電話をして、「ご主人が交通事故で入院した。治療費が必要だが、本人の意識がないので暗証番号を聞くことができない」というもの。これは現実性もあるし、うまく行きそうな気がした。失敗しても足のつく心配がない。

そこで、この案をじっくり検討し、——常盤家の家族構成を調べ、和道が家にいないことを確かめてから電話をする。対象は和道の妻、子供や老人（もし同居していれば）は除外する。病院からの電話は切迫した口調で、相手に考える暇を与えない——と、そう決めた。

おれはほんまに頭がええ。浩一はひとりほくそえんだ——。

トモエビルは煉瓦《れんが》タイル張りの六階建、間口七、八間の小さな建物だった。中に入った。左がエレベーター、突き当りが階段、右にステンレスの案内プレート。つい最近改装したのか、壁に汚れはなく、ペイントのにおいがする。

プレートの三〇五号室を見た。《ジュエリー常盤》、そう書かれていた。

ジュエリー……宝石やな。常盤和道は宝石屋——。そこまで考えて、ふいに思い浮かんだことがある。

こらあかん、浩一はトモエビルを走り出た。

鎌田は喫茶店にいた。椅子にもたれてぼんやりたばこをくゆらせている。

「おっさん、何をぐうたらしとる。早よう出るんや」どなりつけた。

外へ出た。

「どやった、常盤の家、見て来たか」

「それどころやあるかい。新聞や、新聞が要る」

「新聞やったら、さっきの喫茶店にあったやないか」

「あほんだら、一週間前の新聞じゃ」

浩一は歩きだした。歩きだしたが、新聞を手に入れる目処《めど》がつかない。

「おい、どこへ行くんや」

鎌田がいう。のんびりした口調がカンに障る。浩一は立ち止まった。

「おっさん、何の役にも立たんとごたごたいうてたら、しまいにはぶち殺されるぞ」

「何や、その顔。わけもいわんとケンカ売る気か」

「よう聞け。常盤和道いうのはな、宝石屋や。トモエビルは自宅やのうて事務所や」

「それがどないした」

「おっさん、新聞読まんのか」

「読むかい、そんなもん」

「一週間ほど前、大阪の宝石商が行方不明になった。その宝石商の名前、確か常盤とかいう名前やった。さっき表札を見て気がついたんや」

「おまえのいうこと、さっぱり分らん」

「何でもええから、黙ってついて来い」

「それでおまえ、どこで新聞読んだんや」

「古市の図書館。ええ思いつきでっしゃろ」

ふん、モヤシ頭に鼻で笑われた。

「新聞はロビーにあった。アルミの棒にはさんでた」

「棒やない。バインダーやろ」

「呼び方なんぞどうでもええ」

「新聞見てどうやった。びっくりしたか」

「おれはしてへん。おっさんは眼をむいてたけどな」


七月二十五日の朝刊に、その記事はあった。

――宝石商失跡。事件絡みで捜査。

羽曳野市の宝石商が、二十三日夜、顧客の家から帰途についたのを最後に行方が分らなくなった。届けを受けた羽曳野署が調べたところ、宝石商に家出などの理由がないことから、大阪府警捜査一課と同署は二十三日、宝石商が何らかの事件に巻きこまれた疑いが強いとみて捜査を始めた。

この宝石商は常盤和道さん(四八)。調べによると、常盤さんは、同市古市一―二、トモエビル三〇五の事務所から乗用車で出かけた際、アタッシェケースに八千万円相当の宝石、貴金属類を入れており、二十万円前後の現金を所持していた。

捜査一課と羽曳野署は、常盤さんに家出をする理由が見当らないことから、何者かにら致、監禁されるなどして、これら宝石と現金を奪われた可能性が強いとみて、常盤さんの顧客や仕事上の関係者などから事情を聞き、失跡理由の解明を急いでいる。

——七月二十七日、朝刊。

失跡した宝石商の乗用車発見。殺害された可能性強まる。

二十三日夜、失跡した宝石商、常盤和道さん（四八）の乗用車（ベンツ）が、兵庫県宝塚市中山台の路上で発見された。車内には少量の血が付着しており、検査したところ、常盤さんと同じAB型と判明したため、常盤さんは負傷したか、あるいは殺されたものと警察はみている。また、乗用車のトランクルームから常盤さんのアタッシェケースが発見され、中の八千万円相当の宝石類には手がつけられていないため、事件は怨恨《えんこん》によるものとの疑いもあり、警察は引き続き捜査を進めている——。

「こら、えらいこっちゃ。このキャッシュカードのおっさん、死んどるやないか」

「何じゃい、びびっとるんか」

「ちょっとびっくりしただけじゃ」

鎌田の表情がかたい。せわしなげに、たばこに火を点《つ》けて、「わしら、銀行に残高を訊《き》いたりしたやろ。あれはどないなるんや」

「つまらん心配すな。電話しただけでどうこうなるもんやない」

「けど何やな、これで一千万円はパーやな。暗証番号が分ったところで、カード持って、のこのこ銀行なんぞ行かれへん」

「何やおっさん、もうあきらめてるんか」

「あたりまえじゃ。わしゃこういう生活しとっても、警察《サツ》の世話にはなったことがない」

「けどな、おっさん」

浩一はひとつ間をおいて、「おれ、まだあきらめたわけやないで」

「どういうこっちゃ」

「ひょっとしたら、二十万を手に入れられるかもしれんで」

「あん？」

「よう考えてみい。ベンツが発見されたんは宝塚、わしらが札入れを拾たんは三田、中国自動車道を通ったらほんの七、八分の距離や。ということはつまり、犯人は殺した常盤を三田に埋めて、そのあと宝塚までベンツを運転して行ったんや。ほいで、中山台にベンツを棄てたあと、どこぞへフケた。そういうふうに考えるのが、いちばん理屈におうてる」

「おまえのいうこと、もひとつぴんと来ん。いったい何がいいたいんや」

「おれはな、三田の、あの札入れを拾たあたりに二十万が落ちとるような気がするんや」

「分らん。まだ分らん」

「札入れは常盤の死体を運んでる途中に、服のポケットから抜け落ちたんや。そやから、同じように札束もポロッと落ちた可能性がある」

「行こ。今すぐ三田へ戻ろ」

「何やおっさん、えらい変わりようやないか」

「おまえのいうこと、ほんまみたいに思えてきた」

「おっさんとはな、ここが違うんや、ここが」

浩一は頭を指さして、そういった。


「おまえ、まんざらあほでもないな」

小さくいってメガネは鼻の頭をかく。その癖があるからか、やつの鼻はやけに赤い。

「そんな具合に話をこねくりまわして、常盤を殺したんは自分やないと強調するあたり、かなり年季が入っとるで」

「おれ、嘘なんぞついてへん」

「刑事の前ではみんなそういう」

「もう喋《しゃべ》らへんぞ」

「じゃかましい。おまえ、どう思てその上等な口をきいとるんじゃ」

メガネは声を荒らげる。この若僧は、浩一が少しでも口ごたえじみたものいいをすると、必ずつっかかってくる。それを、モヤシ頭が、「まあ、そう熱うなるな。こいつにも言い分はある」と、適当になだめながら取調べを進めていく。被疑者尋問の際の常套《じょうとう》パターンだ。

そうと知りつつ、浩一は、

「な、刑事さん」

モヤシ頭に向かって、「おれ、絶対に嘘はいうてへんのや」

「分ってる。分ってるから続きを話せ」

「信用してくれるか」

「する。するから、さっさと喋れ。札入れとキャッシュカード、どないした」

「図書館から古市の駅へもどる途中、通りがかりのうどん屋のごみバケツの中に捨てた」

「古市からどこへ行った」

「おっさんといっしょに三田に帰った。その日はもう暗くなってたし、次の日、仕事をサボッて――」

浩一と鎌田は雑木林の中、札入れを拾った窪地《くぼち》を中心に、附近を捜索した。二人並んで、下草の生い茂っているところはそこを木の枝でかきわけ、積もった落ち葉は足で蹴《け》散《ち》らして、その範囲を広げていく。

耳を聾《ろう》するほどのセミの音《ね》。二時間、三時間、汗みずくになって作業に没頭する。大きな切り株のすぐ下、斜面がそこだけ平坦《へいたん》になっている場所だった。落ち葉の陰にキラッと光るものがある。

何やろか、浩一は拾った。土を払う。

指環《ゆびわ》だった。たぶんプラチナ製で、角ばった台の真中に埋め込まれたダイヤはえんどう豆ほどの大きさだった。

「おっさん」鎌田を呼んだ。

「何じゃい」

のっそりとした足取りで鎌田が近づいて来た。指環を見せる。

「これ、本物か」

「十中八九、本物や」

「常盤の指環か」

「そやろ。この指環、男物やし、そう新しいもんやない。おれの考えでは、常盤がこの雑木林へ連れ込まれた時は、まだ生きとったんや。それで隙を見て、財布や指環を放り投げよったに違いない」

「ほな、やっぱり、二十万の金もこの辺に落ちとるかもしれんな」

「探そ。気入れて探そ」

「よっしゃ」

――日没まで雑木林の中を這《は》いずりまわった。何もなかった。

「なるほど、そういうことやったんか。わし思うに、おまえ、宝石商を殺したわけではないみたいやな」

「あたりまえや。おれ、そんな大それたことようせん」

「その、三田の雑木林の地図、描けるか」

「描ける」

「よっしゃ」

　モヤシ頭がデブに合図した。デブはうなずいて部屋を出、紙とサインペンを持ってもどって来た。

　モヤシ頭は紙をテーブル上に置き、サインペンのキャップを取って、

「さ、描いてくれ」

「ああ」

　浩一は詳細な地図を描いた。目印になる建物、道標、大きな木、それらを憶《おぼ》えている限り描いた。

「わるいけど、今日の日付とおまえの名前、その右端にでも書いてくれへんか」

「何でや」

「夜が明け次第、その地図を使うて捜索を始める。指環が見つかったということは、近くに常盤の死体が埋められてる公算大や」

「死体とおれの名前と、どない関係があるんや」

「捜索には何十人もの人間が出るんや。何も発見されへんかったら、わしらの地図の描きようがわるいからやいうて怒られる」

「責任逃れか」

「そういうこっちゃ」

浩一は日付と名前を書いた。デブが紙を持って出て行った。

「さて、と……」

モヤシ頭が首筋をなでた。「続きを話してもらおか。おまえ、指環を拾てからどないした」

「その日は、飯場へ帰って寝た」

「指環を換金しようと西成へ行ったん、その翌日やったな。……八月の一日」

「そう。あの日は朝から雨やった――」


午後三時、浩一と鎌田は飯場を出て、大阪市西成区へ向かった。飛田《とびた》のスナックに鎌田の知った女がいて、彼女に指環を入質してもらおうというもくろみだった。女と浩一は面識がなく、金さえ払えば、女は犯罪まがいのことでも平気でする、と鎌田はいった。

夕方、西成に着いた。二人は通天閣近くのパチンコ店に入り、日が暮れるのを待った。

午後八時、浩一は鎌田をパチンコ店に残し、一人で店を出た。

スナック、『サザンクロス』。明美はママといっしょにカウンターの中にいた。年は四十前後、瘦《や》せぎすの、眼のつりあがった女だと聞いていたので、すぐ分った。

浩一は焼酎《しょうちゅう》のお湯割りを注文し、時間をかけて飲んだ。他に客はいない。

ママがたばこを買いに外へ出た。浩一は明美を手招きし、

「な、明日《あした》の昼、つきおうてくれへんか」耳許《みみもと》でささやく。

「何や、デートかいな」

「ま、そんなとこや」

「うち、安うないで」

「あほ、そんなんと違うわい。頼みごとがあるんや。……一万、いや二万払お」

「どういうことなんや」

「実はな、金に換えてほしいもんがあるんや」

「金に換える……」

明美は真顔になった。「まさか、これやないやろな」

左腕を差し出し、右手で注射をしてみせる。

「おれ、こない見えてもカタギやで。そんなやばいことするかい」

「ほな、何や」

「指環や。ダイヤの指環を質に入れてほしい」

「それ、あんたのもんか」

浩一は答えず、

「どうなんや、承知してくれるか」

「三万や。それで手を打と」

「よっしゃ。明日の朝十時、新今宮《しんいまみや》の改札や」

「分った」

明美がうなずいた時、ママが帰って来た。

浩一はサザンクロスを出た。パチンコ店で鎌田と会い、その日は南霞《みなみかすみ》町の簡易旅館に泊まった。

――翌朝。新今宮へ向かう道すがら、

「おまえ、明美から金受け取って、そのままフケるつもりやないやろな」

鎌田はしつこくそういう。浩一は立ち止まって、

「そんなに信用できへんのなら、おっさんもいっしょに来たらどうや」

「あほぬかせ。わしゃ、明美に面が割れとる」

「ほな、黙ってついて来い。おれがフケたりしたら、おっさん、警察《サツ》にたれこむのが眼に見えとる」

「よう分っとるやないか。わし、おまえを見張っとるからな」

低くいって、鎌田は離れた。

環状線新今宮駅、明美は待っていた。艶《つや》のない赤い髪、血の気のとぼしい白い顔はいかにも不健康で、一見して夜の勤めだと分る。

「身分を証明するもん持って来たか」

「保険証がある。指環は」

「ここや」ポケットから指環を出した。

「あんた、これ、すごいやないの」

「何ぼくらいになる」

「五十万……いや、百万かな」

「二十万でええわ。それで質入れしてくれ」

「どういうこと？　また受け出すつもりかいな」

「そう。受け出すんや」

歩きだした。小さく振りかえると、二十メートルほど離れて鎌田がついて来ていた。

山王町の質店「加賀屋」。明美は指環を持って入って行った。浩一は店の前で待つ。

鎌田は角のたばこ屋の陰からようすをうかがっている。

明美が出て来た。手には一万円札の束、そのうち三枚を抜いて、

「はい、十七万円」

質札といっしょに差し出した。浩一は受け取って、

「おまえ、あと二万欲しいことないか」

「えっ……」

「三十分したら、もういっぺんここへ来てくれ」

言いおいて、明美と別れた。

たばこ屋の角を曲った。鎌田が走り寄って来る。

「どや、何ぼになった」

「二十万。女に三万やった」

「えらい少ないな」

「質屋がいうには、あのダイヤ、大きいけど質がわるいらしい。これが証拠や」

質札を見せた。鎌田はためつすがめつしていたが、それでようやく納得したらしく、

「ゼニや、ゼニくれ」

「おっさん、半分取る気か」

「あたりまえやないけ」

「指環《ゆびわ》を拾たん、おれやで」

「明美のこと教えたったん、このわしや」

「おっさんのしたこと、ただそれだけや」

「おまえな……」

鎌田の唇が歪《ゆが》んだ。「殺すぞ」

黄色く濁った眼の奥に異様な光がある。

浩一は肩をすくめた。

「冗談や、冗談。ほら、ゼニや」

ポケットから札を出し、八万五千円を鎌田に渡した。

「おっさん、これからどないするんや」

「飯場に帰る」

「おれ、ちょっと遊んで行くわ」

このすぐ東側には旧遊郭の飛田新地がある。

「勝手にさらせ」

吐き捨てて、鎌田は歩いて行く。その後ろ姿を見やりながら、ちょろいもんや、浩一は笑った。

――三十分後、明美は質屋の前に来た。薄い唇の端から舌をちろっと出し、せいいっぱいの媚《こび》をふりまいて、

「あんたも好きやな。さ、どこへ行く」

「おまえ、何を考えとるんや」

浩一は質札を明美の手に握らせた。

「おれ、気が変わった。あの指環、めいっぱいで入れてくれ」

「あん……」

明美の驚いた顔。あごの先に吹き出物があった。

「指環、結局は何ぼになったんや」

モヤシ頭が訊《き》く。浩一は鉄格子の窓から視線を戻して、

「八十四万。おっさんにやった八万五千円と明美の五万、それと質屋の利息をさっぴい

て、手元には七十万ちょっとが残った」

「その金、どこにある」

「遣《つこ》た。みんな遣た」

「嘘ぬかせ。入質してから、まだ三日しか経ってへん」

「競艇に行ったんや。住之江競艇」

「いつ行った」

「金を手に入れた次の日と、その次の日や。二日とも朝から晩までおった」

「入質した晩は明美と泊まったんやな」

「そや。あの女《アマ》、おれから五万もせしめたくせに、その上また二万も取りくさった」

「都合七万も抜かれて、あっさりと口を割られた。おまえ、いかれころやな」

メガネの言葉に、モヤシ頭とノッポが遠慮のない笑い声をあげる。

「刑事さん」

浩一は姿勢を低くして、モヤシ頭のひょうたん面を見上げた。「明美、何でおれのこと分ったんや。おれ、あいつには何も喋《しゃべ》ってへん」

「おまえ、飛田のラブホテルに泊まったやろ……ホテル・ニューポートの一〇二号室」

「ああ、泊まった」

「部屋にな、あったんや、おまえの指紋」

「くそったれ」

浩一は歯がみした。「おれ、帰るぞ。もうこんなとこにおれるかい」

「ほう、おもろいこというやないか」

「これ、任意やろ。おれ、ほんまに帰るで」

椅子を引こうとするのを、メガネに肩を押さえられた。

「何するんや」

「おまえ、正気か」

モヤシ頭のかみつくような口調。「ここへ来てから自分の喋ったこと、よう考えてみい。おまえ、どういう立場にあるか分っとるんか」

「…………」

「そろそろ箇裁から捜査員が帰ってくる。福島、おまえはな、逮捕状を執行されたんや」

「待たんかい。罪名は何や」

「とりあえず、遺失物横領」

「とりあえず？　どういう意味や」

「別に意味はない」

「くそっ、別件やな」

顔から血が引いていくのが分る。「おれを人殺しに仕立て上げるつもりか」

「どないなといえ」

「汚いぞ」浩一は叫んだ。

モヤシ頭は動じるふうもなく、

「おまえ、弁護人はどうする」

「知るか、そんなこと」

「国選にせな、しゃあないやろ」

そう嘲《あざけ》るようにいい、さも疲れたとばかりにゆっくり首をまわして窓に眼をやった。


八月七日。取調べは午前八時三十分から始められた。捜査員の顔ぶれに変わりはない。

「どや、よう眠れたか」モヤシ頭がいう。

「寝てへん。眠れるわけがない」

浩一は答えた。朝食も喉《のど》を通らなかった。

「たばこ、くれ」

「たばこ？　えらい聞いたふうな口をきくやないか」

モヤシ頭はいい、ポケットから一本抜いて口に咥《くわ》えた。「吸いたかったら吐かんかい。ほんまのこと」

「何べんもいうとるやろ。おれは嘘なんぞついてへん」

「おまえ、前科があるな」

「それがどないした」

「車上盗。……七年前に奈良、四年前に京都でパクられとる」

「あれはちゃんと二年四ヵ月のツケ払《はろ》た。今さらどうこういわれる筋合いはない」

「おまえの手口はハリガネや。ハリガネをサイドウインドーにこじ入れてドアロックを解除する」

「古い昔のことをいうな」

「おまえ、ベンツのドアを開けたんや。常盤のベンツ」

「待ってくれ。あんたのいうことさっぱり分らん」

「まだとぼける気か」

「とぼけるも何も、知らんもんは知らん」

「七月二十三日の午後、常盤は宝石を持って顧客の家をまわった。一軒めが豊中《とよなか》、二軒めが西宮《にしのみや》、三軒めが三田や。三田の大沢《おおさわ》いう病院長の家に着いたんが午後七時、すぐに帰るいうのを引きとめられて晩飯をごちそうになり、家を出たんが午後九時すぎ。おまえはベンツの車内を物色してるとこを常盤に見つかったんや」

「勝手に話を作るな」

「大沢家はゴルフ場造成現場のすぐ裏手や。築地塀《ついじ》に囲まれた大きな邸《やしき》やから、山の上からよう見える。おまえはベンツが前に駐《と》まってるの見て、こそこそと山を下りて行った」

「おれは知らん。その大沢いう家と飯場が近いのは偶然の一致や」

「車上盗の現場を発見されたおまえは、隠し持ってたハンマーか何かで常盤を殴り殺した。そして札入れと指環《ゆびわ》を奪《と》り、死体をベンツに乗せて附近の山中に行った。死体を埋めたあと、中国自動車道を通って宝塚の中山台へ行き、そこへベンツを乗り棄ててから、福知山線の中山寺駅まで歩いた。三田の飯場へ帰り着いたんは二十四日の午前一時すぎや」

「おれ、何もしてへん。ほんまにしてへん」

「ほな、二十三日のアリバイをいうてみい。作業を終えて飯場で飯を食うたあとのことや」

「二週間以上も前のこと、いちいち憶《おぼ》えてへん」

「憶えてへん、で済んだら、警察は要らん」

「おれ、二日に一ぺんくらい三田の駅前へ行ってパチンコをしてた。勝った日は近くの赤ちょうちんで一杯飲むんや」

「何時まで」

「十一時。それを過ぎたらバスがなくなる」

「ほな、二十三日はどないした。おまえ、飯場には夜中の一時すぎに帰ったんやから、バスはないやないか」

「バスのない時はタクシーを拾う。その金のない時は、一時間以上歩いて帰るんや」

「おまえがいつも飲んでた店の名前は」

「知らん。憶えてへん。それに、行きつけの店なんぞない」

「おまえ、警察をなめとんのか」

「なめてへん。ほんまに憶えてへんのや」

「とことん、とぼけとおす気やな。小悪党のくせに肚《はら》が据《すわ》っとるわ」

　モヤシ頭はあきれたようにいい、椅子に背中をもたせかけた。やつも寝不足なのだろう、眼が落ち窪《くぼ》み、充血している。

「な、刑事さん」

　浩一はいった。「新聞には、確か怨恨《えんこん》による犯行やと書いてあったやないか。常盤の仕事仲間の調べ、ちゃんとしてんのか」

「おまえにいわれんでも、とっくの昔にしとるわい」

　モヤシ頭は眉根《まゆね》を寄せてそういう。

「常盤は八千万の宝石を持ち歩いてたんやろ。そのことを知ってるやつが犯人や。そうに違いない」

「こらおもろい。被疑者のおまえから意見されるとはな」

「教えてくれ。宝石商仲間の捜査、どないなっとるんや」

「おまえ、何だかんだとうるさいぞ」

　メガネが横から口を出した。それを、

「まあ、ええやないか」

と、モヤシ頭は手で制し、浩一に向かって、

「教えたろ。常盤の顧客や宝石商関係の捜査はほとんど終ってる」

「ほんで、ほんでどないやった」浩一は身を乗り出した。

「全部シロ。みんなアリバイがある」

「それ、本腰入れて調べたんか」

「おまえにとやかくいわれることない。こっちは捜査のプロや」

「客はどないや。大沢とかいう病院長、怪しいとこはないんか」

「ばかたれ。つまらんことぬかすな」

「八千万の宝石、何でベンツのトランクルームにあった。もし仮に、常盤を殺《や》ったんが盗《ぬす》っ人《と》なら、宝石を放っとくはずがない」

「アタッシェケースはな、トランクルームのゴムマットの下から見つかったんや。マットの上には、工具類の入った段ボールの箱やゴルフバッグがあったし、そんなとこに宝石があるとは誰も考えるかい」

「常盤は大沢のよめはんに宝石を見せたんと違うんか」

「修理を頼まれてたサファイアの指環を届けに行ったんや。家にアタッシェケースを持って入らんかったんは、その日は大沢の奥さんの身につけるような超高級の宝石を用意してなかったからやと、常盤はいうた。それに、常盤は指環を渡したらすぐに帰るつもりやったらしい」

「ほな、何か、常盤殺しは流しの犯行とみてるんか」

「そや。犯人《ホシ》は常盤が宝石商で、いつも何十個という宝石を持ち歩いてることを知らんかったからこそ、トランクルームのアタッシェケースによう手をつけんかった。もし知ってたら、車の中を徹底的にひっくりかえしたはずや」

「宝石商いうたら、あくどい商売してんねやろ。常盤はほんまに、人に恨まれるようなことしてへんのか」

「おまえもたいがいしつこいやつやな。犯人はおまえや。おまえが常盤を殺したんや」

「何をいうんや、何を」

「黙って聞いてたら、きのうから適当な作り話ばっかりしとるやないか。……立ちションのついでに札入れ拾た、キャッシュカードの暗証番号知りたさに羽曳野くんだりまで行った、あげくはあんな小さい常盤の指環を広い雑木林の中で見つけたと、都合のええ作り話はもうやめとけ。時間の無駄じゃ」

「作り話やない。おっさんに聞いてくれ、おっさんに」

「それが、残念なことに、鎌田は三田の飯場にはおらん」

「へっ……」

「今日の朝一番、三田署に頼んで飯場へ行ってもろた。鎌田は二日前に消えたそうや。夕方、飯場を出たきり、そのままなしのつぶて」

「そら、あかん……」

浩一は頭を抱えた。「おっさんがおらなんだら、おれ……」

「ほう、えらい真に迫った芝居をするやないか」

「な、頼む。おっさんを探してくれ」

「おまえ、ひょっとして鎌田を殺ったんやないやろな」

「あほなこといえ。何を根拠に……」

「車上盗は、必ずしもおまえひとりの犯行とは限らん。もし鎌田が犯行に一枚噛《か》んでたと仮定したら、おまえが喋《しゃべ》った話のすべてに筋が通る。おまえは口封じのために鎌田を殺した。そして、鎌田といっしょに雑木林で指環を拾たことにした」

「やめてくれ。絵空事はもうたくさんや」

「さ、吐け。洗いざらい吐け」

「………」

「こら福島、何とかいわんかい」

「おれは喋らん。二度と喋らん」

浩一は口を固く結んでモヤシ頭を睨《にら》む。

負けへんぞ、絶対に負けへんぞ。おっさんが見つかるまでは死んでもおまえらの思いどおりにはならへん、胸の奥で呪文《じゅもん》のように繰り返す。かつて車上盗の罪で捕まった時、徹底的に追及された経験から、別件逮捕されれば勾留《こうりゅう》が長くなることを知っていた。

八月八日午前八時三十分、取調べはきのうと同じ時間に始まった。担当はモヤシ頭とメガネ、そしてやつらの上司らしい赤ら顔の五十男。彼はモヤシ頭の後ろに腰を下ろした。

「福島、おまえのアリバイ調べたぞ」

例によってモヤシ頭が口を切った。「おまえの供述によると、七月二十三日の午後六時半ごろ、一人で飯場を出てバスに乗り、三田駅に着いたんが七時十分。『十八番』いうパチンコ屋で閉店までタマをはじいて、そのあと近くの赤ちょうちんへ行ったと、そういうことやったな」

「ああ、そういうた」

「十八番の従業員も飲み屋のおやじも、おまえのことを憶えてへんぞ」

「そんなはずあるかい」

「捜査員が二十人、手分けして訊《き》き込みに歩いたんや。駅前の飲み屋は、炉端から屋台まで、しらみつぶしに訊いてまわった」

「おれが駅前に遊びに出たんは二日にいっぺんくらいや。そやし、パチンコ屋の店員にしたら、おれの顔を見る日も見ん日もある。店員と口をきいたこともない。そやのに、二十三日はおれが店におらんかったと、何ではっきり言いきれる。……人間の記憶いうのは、あてにならんもんや。そのええ加減な記憶で、おれを刑務所《ムシヨ》に送るつもりか」

「ほな、飲み屋の名前をいうてみい。二十三日はどこで飲んだ」

「そやから、憶《おぼ》えてないと何べんもいうてるやろ。日記つけてるわけでもなし、何月何日、どこで何をしとったか、そんなもん分るはずがない」

「名前をいわんでもええ。どんな店やったかをいえ」

「おれが飲み屋へ寄るんはパチンコに勝った日だけや。負けた日は販売機で缶ビールを買《こ》うて、飲みながらほろほろと飯場まで歩いて帰る。二十三日もそんなふうにしたんやろ」

「なるほど。うまいことというやないか」

「うまいこともへったくれもあるかい。ほんまの話や」

「歩いてる途中、誰ぞに会うたか」

「会うてへん。夜の十二時すぎに、あの田舎の県道を歩いてるようなやつはおらへん」

「そうか、それも理屈やな」

モヤシ頭はあっさりそういい、あごをなでながらしばらく考えていたが、「それやったらおまえ、やっぱりアリバイがないことに変わりはないやないか」

「どういうこっちゃ」

「仮におまえが無実であったとしても、おまえにはそれを証明する手段《てだて》がない」

「くそったれ、どうあってもおれに罪をかぶせる気やな」

「わしらのおまえに対する心証はすべてクロ、まっ黒けや。自供がのうても起訴はできるんやで」

「騙《だま》されへんぞ。常盤の死体もなしにそんなことできるかい」

「おまえは常盤を殺して札入れと指環《ゆびわ》を奪《と》った。……どや、観念せい」

「するか。やってもない殺しを認めるくらいなら、死んだ方がましじゃ」

「せいぜいほざいとけ。そのつっぱりがいつまで保《も》つか楽しみや」

熱のこもらぬふうにモヤシ頭はいい、ポケットから仁丹を出して口に含んだ。

そういえば、モヤシ頭は口臭がひどい。

八月九日、取調べ。七十万円の使途を執拗《しつよう》に追及された。浩一はもう何も答えず、耳にふたをして一日を耐えた。

威圧、挑発、脅迫、懐柔、怒声と猫なで声。おれは頭がいかれるんやないか、いつか、してもせん殺しを自白してしまうんやないか、そんな惧《おそ》れを抱いた。

常盤の死体はまだ発見されていない

八月十日——。

「おい、鎌田が見つかったぞ」

開口一番、モヤシ頭がいった。

「ほ、ほんまか」声がうわずる。

「鎌田、西成におった」

「ここへ呼んでくれ。呼んで、おっさんの話を聞いてくれ」

「それはできん」

「何でや」

「鎌田は今、入院中や。重症の肝臓障害で天下茶屋の病院にかつぎこまれたんや」

「けど、話くらいはできるんやろ」

「できる。わしが直接会うて聞いて来た」

「病院にはいつ行ったんや」

「夜の十一時」

——きのうの取調べは午後十時すぎに打ち切られた。そのあとすぐ、モヤシ頭は西成へ走ったようだ。

「ほんで、おっさんはどないいうてた、え」浩一は訊く。

「残念ながら、おまえの供述したのとまったくいっしょ。何の相違もない」

いいながら、モヤシ頭には残念そうなようすなど少しもない。浩一の胸を不安がよぎる。

モヤシ頭は茶をすすった。ゆっくりと顔を上げて、

「福島、おまえ、雑木林で指環を拾た時、鎌田とはかなり離れたところにおったそうやな」

「え……」

「おまえ、何で鎌田を呼んで指環を見せたりした」

「……」

「おまえはことあるごとに鎌田を騙そうとした。三田駅前で預金残高を訊《たず》ねた時、質屋で指環を入質した時……。そのおまえが、どういう心境の変化で、わざわざ鎌田に指環を拾たと報告せないかんのや。黙ってポケットに入れといたら、分け前を渡さんで済むやないか」

「……」

「おまえの目的はただひとつ。指環はおまえが所持していたのではなく、林の中で拾たという事実を鎌田に確認させたかったんや。……札入れを拾たんもそう。おまえは連れションしてる時、鎌田に分らんように、水で濡《ぬ》らした札入れを斜面の下に放った。そして、何食わぬ顔で、『あれ何や、財布と違うか』と、鎌田にいうた。札入れを拾たあとで鎌田を殴りつけたんは、あいつに憎まれるよう仕向けるため。鎌田とおまえが不仲であればあるほど、あとで警察に調べられるような事態になった場合、より説得力が増すと、そう考えたんや。鎌田はおまえのことをぼろくそにいうやろし、かというて、まるっきりの嘘をつくわけにもいかんし、な」

「どういう理由で、おれがそんなややこしいことせないかんねん。もし、おれが常盤を殺したんやったら、札入れや指環、おっさんに見せたりせんと、ひとりで金に換えるわい」

「ほう、おもろい、どうやって金に換えるんや」

「質屋に行くんやないか」

「福島浩一の名前で入質するつもりか」

「それは……」

「おまえには前科がある。金は喉《のど》から手が出るほど欲しいけど、自分の名前で入質するだけのふんぎりはつかん。そこで、おまえは指環の換金に鎌田を利用しようと考えた。質屋へ行くんなら、鎌田は白手帳（雇用保険日雇労働被保険者手帳）を持っとるし、釜《カ》ケ崎《マ》の暮らしも長いから、何ぞええ故買のルートを知っとるかもしれんと考えたんや」

「あんたの話、むちゃくちゃや。指環を金に換えるだけが目的なら、おっさん連れて羽曳野くんだりまで行ったりするかい」

「おまえ、キャッシュカードは事故扱いになってると知りつつ、それでも一千万の金に未練があったんや。それで、何とかようすを探ろうと羽曳野まで行った。鎌田を連れて行ったんは、もし機会があったら二人で常盤家に押し入るつもりやったんかもしれんし、あるいは、常盤和道を誘拐したとかいうて、金をゆすり取ろうとしたんかもしれん。ところが、トモエビル三〇五号室が住宅ではなく、事務所やと知って、家人から金をとることはあきらめた。そのあと、鎌田といっしょに図書館まで行って、宝石商失跡を、たった今知りましたと驚いてみせたあたり、役者顔負けの芸の細かさや」

「やめんかい。作りごとはもうええ」

「おまえ、悔しいやろ。八千万の宝石がトランクルームにあったとあとで知って、歯ぎしりしたやろ」

「………」

「人ひとり殺して手に入れたんが、たったの二十万円と指環ひとつ。何とかこれを金にせんことには元がとれんと、おまえは指環を入質した。その薄汚れた欲と小賢《こざか》しさがおまえの墓穴を掘ったんや」

「やかましい。いうな」

「おまえ、七月二十四日にも銀行へ電話して、常盤の預金残高を聞いたな。三協、大東、東洋と、預金係三人の証言があるんやぞ」

「………」

「二十四日いうたら、常盤の行方が分らんようになった次の日や。……おまえがいうには、札入れを拾たんは七月の二十九日。二十三日から二十九日まで雑木林の中に落ちてたはずのキャッシュカードを、どこの誰が見て銀行に電話したんや、え」

「知らんわい。常盤を殺した犯人が二十四日に電話して、そのあと雑木林に札入れを捨てたんや」

「このあほんだら」

部屋が震えるほどのモヤシ頭の大声。「ネタは上っとるんやぞ、ネタは。ごちゃごちゃいうてんと吐け。さっさと吐かんかい」

「そこまでいうんなら証拠を見せてみい、おれがやったという証拠を」

浩一も大声で応じる。「たかが電話の一本が何の証拠になるんや」

「証拠は、ある」

ふっと平静な表情に戻って、モヤシ頭はいう。「これがそうや」

テーブル上に投げ出されたのは、クロームメッキの鍵《かぎ》だった。ピンク色の細長いプラスチックホルダーがついている。

「このキーはな、ドヤのおまえの部屋にあったんや。簡易ベッドの脚のパイプの中から出てきた」

「こんなもん、見たこともない」

「これ、新今宮駅のコインロッカーのキーや。ロッカーを開けてみたら、ビニールのショッピングバッグ、中に八十二万の現金が入ってた」

「…………」

「どないした、顔色がわるいぞ」

「…………」

「今、札束は鑑識にある。一枚一枚、指紋を採取しとるんや。おまえと常盤の指紋をな」

「…………」

「こら、何とかいわんかい」

「……刑事さん」

言葉と涙が同時に出た。「おれ、殺す気はなかったんや。ベンツのダッシュボードのぞいてたら、急に後ろから髪の毛摑《つか》まれて、それでおれ、持ってたレンチで……。死体は宝塚や。中山台から五キロほど奥の――」

なぜか楽になった。胸のつかえがおりて、驚くほど饒舌《じょうぜつ》になっていた。

飛び降りた男

眼が覚めた。背中が痛い。見ると、天井には小さなダウンライト。いつもと違う。ここはどこや――。ふとんをはねのけ、上体を起こす。左右は壁、足許《あしもと》には鉄扉があった。

何や、玄関か――。やっと気づいた。ここは我が家だ。また酔いつぶれて廊下で眠ってしまったらしい。ネクタイはそのまま、ズボンもはいたまま、薄いふとんにくるまっていたのは、デコがかけてくれたからだろう……と、そこまで考えて、腹が立ってきた。ふとんをかけるくらいなら、なぜこのおれを寝室へ連れて行かない、どうして服を脱がさない。

くそったれ、ひとつ舌うちをして、私は立ち上った。ふらつく足で台所へ行き、冷蔵庫を開けて麦茶のボトルを取り出した。グラスに移すのも面倒なので、そのまま飲む。

「あがが」吐き出した。

こ、これは――。醬油《しょうゆ》だった。いや、正確には醬油を水で薄め、キリッと冷やしたニュータイプのスペシャルドリンクだった。

私は寝室に走った。

「こら、おまえ」

返事がない。明りをつけた。ベッドの中にデコはいない。

腕の時計を見た。午前五時、デコはもう福島の中央市場に着いているころだ。

彼女は大正区泉尾《いずお》の公設市場でおやじさんの塩干店を手伝っている。給料は手取りで十二万円。火木土はおやじさん、月水金はデコが軽四を運転して中央市場へ仕入れに行く。

「あほくさ」

私は服を脱ぎ散らし、ベッドにもぐり込んだ。デコの温《ぬく》もりが残っていた。


夕方、捜査本部に電話がかかってきた。

「やあ誠ちゃん、何してんの」デコだった。

「仕事や、仕事。決まっとるやろ」小声でいう。

「うち、今どこにいると思う」

「知らん。どこや」

「南署の真ん前」

「そんなとこで何しとる」

「いっしょにお茶でも飲もうと思て寄ったんやないの。すぐに出て来なさい」

「けど、おれ、勤務中や」

私は大阪府警捜査一課深町《ふかまち》班に属している。半月前、ミナミのスナックでケンカ殺人があり、犯人は逃走。それを、一週間後、立ちまわり先の建設会社で逮捕した。今、深町班はその裏付け捜査をしている。

「こら、誠一《せいいち》」

デコの口調が変わった。「仕事とうちのどっちが大事や」

「分った。了解、至急参ります」

その言葉だけを声高にいって、私は席を離れた。班長の深町がちらっとこちらを見たが、知らん顔をした。

デコはほんとに署の真ん前にいた。横腹に岩朝《いわさ》塩干店と書いた軽四デリバリーバンの運転席から身を乗り出して、

「誠ちゃん、ここや」

と、大きく手を振る。私は頬のあたりが熱くなる。

「あほ、恥ずかしいやろ」

「どこが恥ずかしいの。清く明るい男女交際やないの」

「おれにも体裁というもんがあるんや」

助手席のドアを開けて乗り込んだ。塩干物特有の生ぐさいにおいがする。この車は買ってまだ二年めだが、塩のために荷室のデッキは錆《さび》でボロボロ、あと一年もすれば底が抜ける。

「さ、誘拐成功。出発進行や」デコがいう。

私はあわててシフトレバーを押さえ、

「おれ、仕事が……」

「男のくせに、やいやいいわんとき。そこの喫茶店でコーヒー飲むだけや」

デコはクラッチをつないだ。

コーヒー専門店『カムヒア』、窓際の席に坐《すわ》った。私はキリマンジャロ、デコはモカを注文した。

「しかし、珍しいこともあるもんやな。こんな時間にデコがおれに会いに来るやて」

「うち、誠ちゃんに惚《ほ》れてるんや」

そういわれてわるい気はしない。しないが……、

「デコ、おまえ、おれに聞きたいことあるんと違うか」

「聞きたいこと？」

「おれ、今日の明け方な、廊下で眼を覚ましたんや。ほんで、喉《のど》が渇くし……」

デコが身を乗り出してきた。ふん、ふん、と眼を輝かせてあいづちをうつ。こやつ、私が醬油を飲んだかどうかを聞きたいのだ。あのちょっとしたいたずらの結果を聞くためにわざわざ南署まで来た。デコならそれくらいのことはやりかねない。

「おれ、台所へ行って冷蔵庫を開けた」

「そ、それで、どないしたん」

「牛乳飲んで、寝た」

カクンとデコの首が折れ、失望の色が走る。そうそう思いどおりになってたまるか。

キリマンジャロとモカが来た。ブラックで飲む。酸味が足りない。

砂糖を少し入れ、ミルクを落した時、

「あ、辰子《たつこ》さん、ここやで」

デコが入口の方に向かって呼びかけた。驚いて振りかえる。そこには小柄な中年の女性がいて、我々に頭を下げていた。

おばさんはデコの隣に腰を下ろした。デコは横を向いて、

「酒井《さかい》辰子さん」私を手で示して、「こちら、主人です」

私は目礼して、

「吉永《よしなが》誠一です。うちの照子《てるこ》がお世話になってます」

どういう関係のおばさんかは知らないが、とりあえずそういった。

「辰子さんはね、酒井材木店の奥さんなんよ」

酒井、酒井材木店——。何度か口の中でくりかえして思い出した。酒井材木店は泉尾のバス通りから一筋西に入ったところにあるけっこう大きな店で、四階建のビルをかまえている。確か、右隣が木材置場と加工場で、敷地は約百五十坪、十人近くの従業員を使っているのではないだろうか。

酒井材木店は泉尾公設市場のすぐ眼と鼻の先だから、酒井辰子は岩朝塩干店の大事なお得意様ということになるのだろう。

「ね、聞いて、誠ちゃん」

デコはカップを置いた。

「今朝の三時ごろ、辰子さんの家に救急車が来たんや」

「へえ、そらまた何でや」別に興味はないが、訊《き》いてみた。

「あとは本人から話してもらうし、聞いてあげて」デコは辰子をうながす。

「このたびは勝手なお願いを申しまして、どうもすみません」

酒井辰子は膝《ひざ》に両手を揃えて深く頭を下げた。年は五十前後、髪に白いものが目立つ。

勝手なお願い、という言葉がひっかかった。デコがまた良からぬおせっかいをやいたらしい。

「実は、救急車の厄介になりましたのはうちの息子なんです」

「はあ……」

「保彦《やすひこ》いうて、予備校に通うてるんですけど、今日の明け方三時ごろ、下の部屋から大きな大きな音楽が聞こえて――」

辰子は眼を覚ました。夫の宗一郎《そういちろう》はいびきをかいている。

辰子はガウンをはおって寝室を出た。階段を下りると、廊下の突きあたり、保彦の部屋の前に清子《きよこ》がいた。清子も音で眼を覚ましたらしい。パジャマの前をかきあわせ、寒そうに背中を丸めている。

「この音、なに」清子に訊いた。

「ステレオや。あの子、いったい何考えてんねやろ」

ベースの重低音でドアがビリビリ震えている。近所に迷惑だ。

辰子はドアを叩《たた》いた。返事がない。ノブをまわしてみるが、動かない。

「お父さん呼んで来るわ」清子は階段を駆け上って行った。

宗一郎が降りて来た。ドアを蹴《け》る。開いた。明りをつける。

保彦はベッドの向こう、ステレオの脇に倒れていた。俯《うつぶ》せで頭が朱に染まっている。

壁際のスチール棚のまわりには無数の硬貨と緑のガラス片。辰子はひと眼見て、棚の上に置いたボトルが保彦の頭に落ちたと判断した。――ボトルは高さ三十センチ、直径二十センチくらいの大きなガラス瓶で、口のところに把手《とって》がついている。容量は三リットル、清涼飲料水の原液を入れる容器らしい。これに、保彦は十円玉や百円玉をほぼいっぱいに詰めていた。

辰子は一度、落ちたら危ないから押入にでも入れておきなさいと、保彦に注意したことがあった――。

保彦は助けを呼ぼうとしてステレオのボリュームを上げたのだ。

「救急車や、救急車」

宗一郎がいい、清子は部屋を走り出て行った。

辰子は保彦の肩を抱いた。保彦はただ呻《うめ》くばかりだった。

「それで、ケガはどの程度やったんです」私は辰子に訊いた。

「頭の傷は十五針縫いました。骨に異常はありません」

「意識は」

「朦朧《もうろう》としてて、何を訊いても、アーとかウーとかいうだけです。CT検査をしたら、脳内出血はないみたいです」

「保彦君、今は病院で？」

「はい、寝てます。小林町の中山病院です」

大したケガやない。頭蓋《ずがい》骨折も脳内出血もなし、機嫌よう寝てるんやったらそれでええやないか。何でこのおれにいちいち報告せんならんのや――。思いつつも、私は、

「それで、ぼくに相談ごとでも？」

と、小さく訊いた。辰子はこくりとうなずいて、

「実は、今日の午後、警察の人が来たんです」

「警察？」

「私、病院から家に帰って、保彦の部屋の掃除をしてました。と、そこへ大正署から矢《や》崎《ざき》いう刑事さんが来て、現場を見せてもらえませんかと、そういうんです。私、現場という言い方が気にかかったけど、とにかく、矢崎さんを部屋に案内したんです」

「それで」

「矢崎さん、スチール棚のあたりを穴のあくほど丁寧に調べるんです」

「硬貨や瓶のかけらは」

「その時は、掃除はほとんど終ってました。散らばったお金は拾い集めて段ボール箱に入れてあったし、ガラスはごみ袋に入れて捨てたあとでした」

「血は」

「ポツポツと、カーペットに染み込んでました。それをぞうきんで拭《ふ》いてた時に矢崎さんが来たんです」

「ほいで、その刑事、何かいうてましたか」

「それが、妙なことばっかりいうんです。ご主人と息子さんの仲はどうやったとか、家庭内暴力みたいなもんはなかったかとか」

「そら、確かに妙ですな」

「吉永さん……」

辰子はこぶしを握りしめた。「矢崎さんは私らのこと疑うてるんです。口には出さんけど、保彦は主人に殴られたんやないかと疑うてるんです」

「ということは、親子ゲンカのあげくの過失致傷、あるいは、傷害……」

「そう。そう思てるに違いありません」

辰子の眼がうるんでいる。今にも涙があふれ出しそうだ。

「保彦君本人はどないいうてます、病院で」

「さっきもいうたように、意識が朦朧としてますから……」

「しばらくは詳しい事情を聞けんと、そういうことですな」

「誠ちゃん、辰子さんを助けてあげて」

デコが口をはさんだ。「ご近所のよしみやし、何とかしてあげて」

「けど、府警本部と所轄署では、管轄が違うしな……」

私は首筋をなでて、「ご主人はどんなふうにいうてはります」辰子に訊いた。

「今日は月曜日やから南港の貯木場へ行ってるし、刑事さんが来たことはまだ知りません。あの人、ただでさえ気が短いのに、自分が疑われてると知ったらどんなに怒ることやら。きっと大正署へどなり込みに行きます」

「あかん。そんなことしたらあきませんで。ヤブをつついてヘビを出すことになる」

困った。こういう相談ごとは困る。

「お願いします。吉永さんだけが頼りです」

辰子は頭を下げた。テーブルの上にぽとりと光るもの。

「分りました。いちおう、あたるだけはあたってみます」

そういわざるをえなかった。


南署からの帰途、私は大正署へ寄った。一階ロビー——警察用語で公廨《こうかい》という——の受付で、捜査三係の寺田稔《てらだみのる》を呼んでもらう。寺田は警察学校の同期生である。待つこと三分、左の階段から寺田が下りて来た。私と同じ年だが、額はすっかり抜けあがって、かわいそうに外見は三十代後半。それでいまだに独身である。

「おう、久しぶりやな。本部のおまえが所轄に顔を出すやて、どういう風の吹きまわしや」

あたりをはばからぬ大声で寺田はいう。

「どうや、仕事は」挨拶《あいさつ》がわりに訊いた。

「けっこう忙しい。最近、侵入盗と下着盗が頻発して、あちこち駆けずりまわっとる」

三係は主に窃盗事件を扱う。

「それ、同一犯の仕業か」

「それやったら手間が省けてええんやけど、違うんや。同じ時間帯に、こっちは鶴町、あっちは千島町と、お互い仕事に精出しとる」

「どっちにしろ、手癖のわるいことには違いがないがな」

「ま、それもそや」

寺田はうなずき、「今日は何や。これか」

指を輪にして、口の前で傾ける。

「飲みに行くんはまた今度。ちょっと聞きたいことがあってな」

「何や」

「どうも、ここではな……」私は周囲を見まわす。

「そうか……」

寺田は察したらしく、「コーヒーでも飲むか」

私を誘って外へ出た。

横断歩道を渡り、角の喫茶店に入った。いちばん奥に席をとって、私はアメリカン、寺田はアイスコーヒーを注文した。

「で、話というのは何や」

たばこに火を点《つ》けて、寺田は訊《き》く。私も一本吸いつけて、

「刑事課に矢崎いうのがいてるやろ」

「いてる。……一係や」

「どんな人や」

「どんなんて、もう五十近いベテランやし……。何でそんなこと訊くんや」

寺田の訝《いぶか》しげな顔。無理もない。私は寺田の方に上体を寄せて、

「今朝の三時ごろや。泉尾の酒井材木店いうとこで、予備校生がケガしたん、知ってるか」

「知らん」

「実はな――」

私は酒井辰子から聞いた話を詳しく伝えた。

「なるほどな。そいつは確かに困ったこっちゃ」聞き終えて、寺田は腕を組む。

「そやから、おれとしては、矢崎さんに会うべきかどうか迷うとるんや」

「微妙なとこやな。何の関係もない本部の探偵が自分の事件《ヤマ》に首を突っ込む。……矢崎さん、間違うても、おもしろい気分ではない」

そこが私の危惧《きぐ》するところだ。下手に接触して矢崎のメンツをつぶすようなことは絶対に避けねばならない。

「さて、どうしたもんかいな」

寺田は天井に眼を据えて思案していたが、「よっしゃ、わしがそれとなく聞いてみる。何で材木屋の一件を一係の矢崎さんが調べてるんか、何で傷害事件と考えてるんかをな」

「すまん。恩に着るわ」

「しかし、おまえも相変わらずやな。照ちゃんのいうことは何でも聞いてやる」

「おれ、あいつには頭が上らんのや」

「カズノコやイクラにつられて結婚したんがわるい。動機が不純や」

「またそれをいう」

「自慢やないけど、このわしかてな……」

寺田はひとつ間をおいて、「毎日、うまい塩ジャケ食いたいわい」

翌日、寺田から電話があった。夜、家に来るという。私は食事の用意をして待っていると答えた。

午後八時、チャイムが鳴った。デコは玄関に走った。

すみませんね、うちの主人がややこしいことお願いして。いや、毎度のことですわ——。二人のやりとり。わるいのはいつも私だ。

寺田がダイニングに入って来た。テーブルの鉄板を見て、

「おっ、ステーキか」

「焼肉や」

「それでもええ。ビールがうまいやろ」寺田は私の隣に坐《すわ》った。

「どうやった、例の件」私は訊く。

「どないもこないも……。驚くなかれ、このわしも酒井材木店を担当することになったんや」

「何やて」

「きのういうたやろ。最近、署の管内で侵入盗と下着盗が頻発してると」

「ああ、聞いた」

「酒井保彦は、その侵入盗に殴られたんやないかというのが矢崎さんの意見なんや」

「要するに、居直り強盗か」

「そう。そういうこと」

「ほな、家庭内暴力や親子ゲンカを疑うてたわけやないんやな」

「矢崎さんがそれを訊《たず》ねたんは、念のためいうことや」

「しかし、もひとつぴんと来んな」

「ま、聞け」

酒井保彦のケガについて最初に疑問を持ったのは、彼の頭の傷を縫った中山病院の当直医だった。当直医は救急隊員から、頭に重たいガラス瓶が落ちたとの報告を受けていたのだが、保彦の受傷状況をみると、腑《ふ》におちない点がいくつかあった。

その第一は、頭皮にガラス片が刺さっていず、また、頭髪の中にもそれがなかったこと。

第二は、創傷の部位。保彦は頭頂部ではなく、後頭部に受傷していた。これは、上からモノが落ちて生じた傷にしては位置が不自然である。

そして第三の最も大きな疑問点。保彦の身体にはいくつかの外傷――右肩、及び左上腕部に皮下出血をともなう打撲傷。右腕の肘《ひじ》に擦過傷――があった。

午前九時、当直医は大正署に電話を入れ、刑事課長に、酒井保彦のケガの原因を調査するよういった――。

「と、こういうわけや」寺田は考え考え、そう説明した。

「それで矢崎いう刑事さんが酒井さんとこへ行ったんやね」

と、デコ。鉄板の上に肉や野菜を並べている。寺田はモズクをひとすすりして、

「念のためいうとくけど、わしら、侵入盗の居直りだけを疑うてるわけやない。下着盗の線も捨ててへんのや」

「それ、どういうこっちゃ」私が訊いた。

「保彦には姉がおる。名前は清子いうて、年は二十三。北浜のＯＬや」

「知ってる。おふくろさんから聞いた」

「あの日、清子は裏庭にスリップを干してた」

「スリップにつられて下着泥は酒井の家に侵入と、そういうことか」

「裏庭は低いブロック塀と母屋の間にあるんや。清子と保彦の部屋は、その庭に面して二つ並んでる」

「下着泥、何で保彦の部屋に入った」

「現場見たら分るけど、清子の部屋のカーテンは青の無地。保彦の部屋はピンクのいちご模様や」

「そらまた、おもろいな」

「もっとおもろいのは、保彦の部屋の窓が十センチほど開いてたということや」

「えらい細かいことまで知ってるんやな」

「矢崎さん、保彦から話を聞いたんや」

「えっ、意識が戻ったんか」

「そう。ぽつりぽつり話しだしたそうや」

「保彦、どういうた」

「午前二時前や。ベッドで寝てたら、部屋の中でゴソゴソ音がする。誰や、何してる、と声かけた途端、大きになられて首絞められた。保彦、必死でもがいたら、手が外れた。そこでび出して逃げようとしたんやけど、ひっつかまにガーンて気絶。気がついたら、体は鉛のように重いし、出えへん。そこで何とかステレオのそばまで這《ほ》うて行って、ボリュームをい

例えばバットのような、ある程度太さのあるもんらしい。現場に残ってへんから、犯人が持って逃げよったんや」

「硬貨入りの瓶で殴ったんではないんやな」

「あれは一抱えもある大きなボトルや。簡単に振りまわせるもんやない」

「もみあってる最中、棚から落ちたというわけか」

「間違いない」

「それやったら、犯人は下着泥やないな。部屋の中まで得物を持って押し入るてなこと、パンツ泥棒にはできんやろ」

「そら確かにそうやけど、まだ決めつけてしまうのは良うない」

「保彦は何時間くらい意識を失うてた」

「救急車が来たん、三時十二分やから、ちょうど一時間ほどやな」

「犯人はどこから外へ出たんや」

「裏庭。侵入したのと同じルートや。保彦の部屋の窓枠と裏のブロック塀に少量の血痕《けっこん》が付着してた」

「型は」

「A」

「保彦の血液型は」

「同じく、A。返り血か、犯人の血か、判断がつきかねてる」

「犯人は負傷してる可能性もあるな」

「ボトルのかけらで手足の二、三ヵ所は切ってるかもしれん」

手当しとるかもしれん。病院とか診療所をあたってみんといかんやろ」

デコがさんの担当や。おれは盗犯のリストアップと訊《き》き込み」

「うまい。ええ肉や で喋《しゃべ》っ 。お肉、焦げるで」

「おまえのために、 、寺田と私は箸《はし》をつける。

実際、寺田は や」

たら、給料何ぼあっても足らん」

バラはほとんど嚙《か》みもせず、ビール

は黒い影に馬乗り

ッドから飛

と一発

しも早う結婚せないかん」

肉食うとるか」

「タレや。タレがなくなった」

ンカチを出し、口のまわりを拭《ぬぐ》った。

盗傷害事件は朝刊に載った。扱いはどの新聞も小さく、社
物盗《ものと》りの居直りだと記されていた。

話——。

しや。連絡しとこと思てな」

ロやで。だてに給料もろてるわけやない」

あたりのパチンコ屋を根城にしてるパチプロ

入る」
ョンで七万円の被害があってな、その時、ベランダの
残しよったんや。それを本部に照会してたんが、今朝、
はどこに住んでるんや」
」
犯者のリストを作るんもわしらの仕事や。……ま、詳しい話
」
った。
「ちょっと、こっち来い」
の前に立った。
報告書を手にして、「いつになったらまともな書類を書けるんや。

と声かけた途端、大きな黒い影に馬乗りになられて首絞められた。保彦、必死でもがいたら、手が外れた。そこでベッドから飛び出して逃げようとしたんやけど、ひっつかまってドタバタするうちにガーンと一発きて気絶。気がついたら、体は鉛のように重いし、大きな声も出えへん。そこで何とかステレオのそばまで這《ほ》うて行って、ボリュームをいっぱいに上げた」

「凶器は何や」

「特定できてない。医者がいうには、鉄パイプとかスパナみたいな細うて重たいもんやなく、例えばバットのような、ある程度太さのあるもんらしい。現場に残ってへんから、犯人が持って逃げよったんや」

「硬貨入りの瓶で殴ったんではないんやな」

「あれは一抱えもある大きなボトルや。簡単に振りまわせるもんやない」

「もみあってる最中、棚から落ちたというわけか」

「間違いない」

「それやったら、犯人は下着泥やないな。部屋の中まで得物を持って押し入るてなこと、パンツ泥棒にはできんやろ」

「そら確かにそうやけど、まだ決めつけてしまうのは良うない」

「保彦は何時間くらい意識を失うてた」

「救急車が来たん、三時十二分やから、ちょうど一時間ほどやな」

「犯人はどこから外へ出たんや」

「裏庭。侵入したのと同じルートや。保彦の部屋の窓枠と裏のブロック塀に少量の血痕《けっこん》が付着してた」

「型は」

「A」

「保彦の血液型は」

「同じく、A。返り血か、犯人の血か、判断がつきかねてる」

「犯人は負傷してる可能性もあるな」

「ボトルのかけらで手足の二、三ヵ所は切ってるかもしれん」

「傷の手当しとるかもしれん。病院とか診療所をあたってみんといかんやろ」

「それは矢崎さんの担当や。おれは盗犯のリストアップと訊《き》き込み」

「二人ともいつまで喋《しゃべ》ってるの。お肉、焦げるで」

デコがいった。思い出したように、寺田と私は箸《はし》をつける。

「うまい。ええ肉や」

「おまえのために、今日は奮発したんや」

「わし、毎日ここへ来るわ」

「あほ。おまえみたいな欠食児童飼うてたら、給料何ぼあっても足らん」

実際、寺田はよく食べる。しかも早い。ロースやバラはほとんど嚙《か》みもせず、ビール日付と名前、また忘れとるやないか」

「あ、そうですか」

「そうですかやあるかい。顔洗て出直して来い」報告書を放って寄越した。

私は深町が嫌いだ。


寺田には大正署前の、このあいだの喫茶店で会った。

「で、どないなった。石井、吐きよったか」

「吐くには吐いた。けど、肝腎《かんじん》のとこはガンとして口を割らん」

直接の取調べにあたっているのは、矢崎と、もうひとり熊谷《くまがい》という一係のベテラン。寺田は横で聞いていたという。

「盗みについては、案外あっさりと吐きよった。約三十件、思いもよらんボーナスや」

寺田たち盗犯係にとって、自供件数は多ければ多いほどいい。

「ところが、酒井材木店に関しては、徹底して知らぬ存ぜぬ。どえらいしぶといやつや」

「そら、ただの盗みと強盗傷害では、罪の重さに天と地ほどの開きがある。ちっとやそっとでは認めんやろ」

「それがな……」

寺田は言葉を切り、たばこを揉《も》み消して、「石井にはアリバイがあるかもしれんのや」

「保彦が襲われた日、石井は午前二時まで、四貫島のバロンいうスナックにおったというんや。これにはバロンのマスターや女の子の証言がある」

「それやったら、石井はシロやないか」

「それが、そうともいいきれん」

「どういうこっちゃ」

「石井、梅香のアパートからバロンへは車で行った。そやから、店を出たあと、そのまままっすぐ大正へ向かったとも考えられるんや」

「バロンから酒井材木店へは」

「深夜の二時やし、十分もあったら行けるやろ」

「ということは、保彦が殴られたんは午前二時十分以降。時間的なズレをみて、二時十五分から三十分くらいと考えたら話の筋は通るんやな」

「そう、そのとおり。……けど、保彦は二時ちょっと前に殴られたんやないかというてる」

「保彦からもっと詳しい事情聴取をせないかんな」

「わし、これから病院へ行く」

「おまえの心証はどうなんや。石井は本星か」

「間違いない。明け方の二時、三時ごろ、車で港区や大正区へ行き、裏庭やベランダから侵入して、錠のおりてへん窓を開けるあたり、手口はどれもいっしょや。それに、あいつ、以前にも居直りをしてる」

「いつや」

「七年前。尼崎の塚口《つかぐち》で、侵入した電器屋のおやじをドライバーで刺してる」

「なるほど。けっこう粗暴なとこもあるんや」

「本人を見たら、虫も殺さんようなか弱い感じなんやけどな」

「そういうのが意外に危ないんや。体力に自信がないから、すぐ刃物を振りまわす」

実際、そのとおりである。我々捜査一課は殺人、強盗などの凶悪事件を扱うが、犯人を捕えてみれば、なぜこんなやつがと思われるほど腺病質《せんびょうしつ》な連中が多い。特に暴力団関係者など、日頃不摂生な生活をしているだけに、特にその傾向が強い。

コーヒーが来た。寺田はストローを使わず一気に飲みほして、

「さ、早よう飲め」

「あほいえ。おれのはホットやぞ。この熱いのがいっぺんに飲めるか」

「おまえ、猫舌か」

「猫でも犬でも熱いもんは熱い。なんでそんなに急《せ》かすんや」

「病院、いっしょに行こ」

「何やと」

「わし、今晩は暇や。保彦から話を聞いたら、あとはすることがない」

ミナミの玉屋町に、しゃれたスナックがあるという。

「それはおおきにごちそうさん」

「何をいう。割り勘や、割り勘」

寺田は伝票を手にして立ち上った。私はブレンドをひとすすりして、あとを追う。


「な、よう考えてくれ。君が殴られたん、午前二時前に間違いないんか」

中山病院、五〇二号室。寺田は折りたたみのパイプ椅子にまたがり、背もたれに両手をかけて、酒井保彦に訊く。

「ええ。間違いありません」

保彦はベッドの中から顔だけこちらに向けて小さく答える。頭のほとんどが包帯でおおわれ、あごが細く尖《とが》っているから、まるでラッキョウだ。

「それ、どういうわけで二時前やと分るんや」

「そのわけは、矢崎さんにいいました」

「同じことを何べんも聞くんがわしらの仕事や。さ、話してくれ」

寺田の有無をいわさぬ口調。保彦は気圧《けお》されたように、

「ぼく、ラジオを聴いてました。大阪放送のミッドナイト・リクエスト」

「ほう。それで」

「あの番組は、二時までやってます。ぼくはそれを聴きながら、一時半ごろに寝たんで

す。これは寝る前に目覚まし時計をセットしたから確かです」

保彦は休み休み話す。「眼が覚めた時、まだミッドナイト・リクエストをやってたような気がします」

「君は起きた途端に首を絞められたんやろ」

「はあ……」

「ぎゅうぎゅう痛いめにおうたあげく、頭を殴られて気を失うた。ラジオの番組を確認するような余裕があったとは思えんけどな」

「ぼく、嘘はついてません」

「誰も嘘やとはいうてへん。わしは事実を知りたいだけや」

といいながらも、寺田は事件発生時刻を何とかして二時以降に持って行こうとしている。これは、下手をすると誘導尋問になってしまう。私は思いついて、

「ミッドナイト・リクエストのあと、二時からはどんな番組があるんや」訊《き》いてみた。

「オールナイト・オーサカいう番組です」

「ミッドナイト・リクエストとの違いは」

「パーソナリティーが違います。ミッドナイトは女、オールナイトは男です」

「内容は」

「似たようなもんです。曲と曲の間に喋《しゃべ》りが入ります」

「それやったら、どっちがどっちの番組やら、分らへんやないか」

「眼が覚めた時は、女の声が流れてたと思います。どんなことを喋ってたかは知らんけど」

「それ、確かにパーソナリティーの声やったか」

「さあ、それは……」呟《つぶや》くようにいい、保彦は眼を伏せる。

「分った。よう分った」

寺田がいった。「今日はこの辺にしとこ」

勢いよく立ち上り、保彦の肩をポンと叩《たた》いて、

「また来るわ。犯人、ちゃんと逮捕したるからな」


一階、待合室に降りた。

受付横の公衆電話ブースで、寺田は電話帳を繰った。

ボタンを押す。

――すんません、大阪放送ですか。

――私、大正警察署の寺田いうもんですけど、ちょっとお聞きしたいことがありまして。

――ミッドナイト・リクエストと、オールナイト・オーサカの担当者をお願いします。

寺田の話は三分ほどで終った。受話器を置くなり、

「分ったぞ。月曜日の放送、オールナイト・オーサカには女のゲストが出た。伊村恭子《いむらきようこ》

という童話作家で、二時二十分から三十分までの十分間、自分の作品の朗読と解説をした」

「番組の終了時刻は」

「四時。伊村は朗読が終ってすぐスタジオを出た」

「ミッドナイト・リクエストのパーソナリティーの声と伊村の声、似てるんか」

「そこまでは知らん。わし、大阪放送へ行ってテープを借りて来る」

いって、寺田は上眼づかいで私を見る。

「あかん、あかん」

あわてて手を振った。「おれ、行かへんぞ。この上、何が悲しいて放送局まで行かんならんねん。おれ、ただのオブザーバーやで」

「おまえ、さっきはいっしょに玉屋町へ行くというたやないか」

「飲みには行く。放送局へは行かへん」

「これやもんな。どういう育ち方したら、こんな怠慢な人間ができるんや」

寺田は腕の時計に眼をやった。「まだ八時すぎや。な、放送局つきおうてくれ。今日の飲み代、みんなわしが払うから」

——そして二日。

寺田からは毎夜、報告がある。——放送局から借りた録音テープを保彦に聞かせたところ、ミッドナイト・リクエストの女性パーソナリティーと、オールナイト・オーサカの童話作家の声は比較的よく似ており、どちらの声だったか定かでないと、保彦は答えた。それを受けて、寺田や矢崎は石井を追及した。

石井は吐いた。――月曜日午前二時、バロンを出てから、彼は車（スカイライン）に乗り、港区弁天《べんてん》町附近の、主に事務所ビルを物色した。その夜は、途中、二度パトカーとすれちがったため、用心して侵入はしていない。だから、午前二時以降、アパートへ帰り着くまでの二時間、石井にアリバイはない。ないが、酒井材木店の一件に関しては頑強に否認した。今も否認している。

スカイラインのトランクルームから押収したドライバー、スパナ、バール、革手袋などに血液反応はなく、また、保彦を殴ったとみられる「バット」ようの器物も発見されないため、大正署捜査員は決め手を欠いて、取調べは膠着《こうちゃく》状態。それではと、ポリグラフ検査を実施しようとするが、石井が応じないため、これも没。実際、調べは難航している。

保彦の状態はいい。近く退院すると聞いた――。

電話。

「誠ちゃん、元気？」デコだった。

「おまえ何や、そんなに暇か」

今日は深町がそばにいないから遠慮せず喋る。

「うち、今どこにおると思う」

「知らん。聞きとうもない」

「店や。この電話、店からかけてんねん」

「客は」

「いてはる」

「ほな、くだらん電話してんと、金儲《かねもう》けに精出さんかい」

「えらいかっこつけてるやないの、その言い方」

「おれは、な……」

「分ってる。府民の公僕として、日々、滅私奉公してんねやろ」

「そや、そのとおりや」

「安い給料でよう働くな」

「おまえ、わざわざ電話してきて、亭主にケンカ売る気か」

「聞いてほしい話があるねん」

「何や、さっさといえ」

「ついさっきな、三丁目の坂倉《さかくら》いうおばさんが、甘塩のシャケ買うてくれたんや」

「切るぞ、電話」

「お黙り。本題はこれからや。……坂倉さんとこ、マンションの二階なんやけど、月曜日の明け方、下着泥に遭《お》うたんやて」

「それがどないした」

「坂倉さんとこには娘さんがいてはる。名前は由利江《ゆりえ》ちゃんいうて——」

年は十九、短大の一年生だ。

由利江はクッションにもたれかかり、ヘッドホンでユーミンを聴いていた。ベランダに面した部屋の照明は豆球だけ。そろそろ眠くなっていた。

曲が終った。ラジカセの電源を切った時、窓の向こう、カーテンの隙間を黒いものが横切った。

由利江は立ち上り、カーテンを開けた。

瞬間、眼が合った。

男。黒っぽい服の男が、由利江の干しているショーツに手を伸ばしていた。

「あーっ」

叫んだような気もする。男に聞こえたかどうかは分らない。

男はベランダの手すりに手をかけ、飛び降りた。

由利江は両手で顔をおおった。涙が止まらなかった——。

「と、いうことなんや」デコは話し終えた。

「それ、何時ごろや」私はたばこをくわえた。

「午前三時前後やというてた」

「ほな、時間帯はだいたいいっしょやな」

酒井保彦が襲われたのは午前一時三十分から二時三十分の間だ。

「そのマンションの名前は」

「大成マンション」

「酒井材木店から大成マンションへはどれくらいかかる」

「歩いて五分」

「それやったら、石井のやつ、保彦を殴ったその足で大成マンションへ行った可能性もあるな」

「あほらし。人を殴り倒したあと、おチンチン振り立ててパンツ盗みに行くような人間どこにいてる」

「何もチンポコ振り立ててるとは限らんぞ」

「つまらんこといいな」

「いわしたん、おまえやないか」

「あ、そう」

「今の話、いちおう寺田の耳に入れといた方がええな」

「これから電話する。坂倉さんには、由利江ちゃんが学校から帰り次第、いっしょに大正署へ行くよういうといた」

「さすが探偵の妻、上出来や」

「な、誠ちゃん。もし、うちのパンツが盗《と》られたら、どないする」

「どないもこないもあるかい。盗んだやつを追いかけるがな」

「それで、追いかけて？」

「これも持って行け、いうてブラジャーを投げつける」

「誠ちゃん」

「うん」

「かしこいね」

電話が切れた——。


家に帰ったら、デコはいなかった。居間のテーブル上にメモ帳がある。走り書きで、

——泉尾三丁目、大成マンションへ来て下さい。

「ええ加減にせんかい。いつまでかかずりおうてるつもりや」

いいながらも、私は家を出た。

——私とデコの住む棟割り長屋の一軒は、環状線大正駅を南へ五百メートルほど行った大正区三軒家《さんげんや》にある。附近は典型的な商工業地域で物価も安く交通の便もいいから、その下町特有の猥雑《わいざつ》さが好きな私にとって、これほど住みやすいところはない。家から泉尾公設市場の岩朝塩干店へは歩いて三十分の距離だ。

——大成マンション。車寄せにデコの自家用車が駐《と》まっていた。そう、岩朝塩干店の軽四デリバリーバンである。車内にデコはいない。

マンションは薄茶色のスタッコ吹き付けの八階建、そう大きくない。各階十室といっ
たところか。

私はマンションの中に入った。メールボックスを見る。

坂倉司郎《しろう》――二〇一号室だ。

エレベーターで二階へ上り、西側の突きあたり、壁のボタンを押した。

「はい」インターフォンを通して返事。私は顔を近づけて、

「吉永ですけど、うちのやつ、おじゃましてませんか」

「あ、ついさっきお帰りになりましたけど」

「そうですか……どうも」

小さく頭を下げ、ドアを離れた。「あのばかたれ。何をしとるんや、何を」

呟《つぶや》きながら、エレベーターに乗った。

玄関を出た。車寄せにデコは見あたらない。

たばこをくわえた。火を点《つ》けようとして、

「ワッ」

背中を叩《たた》かれた。一瞬、膝《ひざ》がすくむ。

「やあ、誠ちゃん」デコだ。

「誠ちゃんやあるかい。日も暮れたというのに、人妻が何をうろうろしとる」

「うちな、由利江ちゃんを大正署へ連れて行ったんや。そのあと、家まで送ってあげ

た」

「おせっかいもたいがいにしとけよ」

「そやかて、警察へ行くの怖いというから」

「寺田はどないいうてた」

「ああそうでっかと、話を聞いたあと、由利江ちゃんに石井いう人を見せた」

「それで」

「由利江ちゃん、下着泥棒の顔、まったく憶《おぼ》えてへん」

「服装もか」

「黒っぽいジャージーの上下を着てたらしいけど」

「とどのつまり、由利江の証言は何の足しにもなってへんのやないか」

「そういうこと」

「腹減った。飯食いに行こ」

「ちょっと待って。うち、確かめたいことがあんねん」

いうなり、デコは歩きだす。

「どこへ行くんや」

「黙って、ついといで」

建物に沿って裏へまわった。裏庭はほぼ全面コンクリートブロック敷きで、向こうのフェンス際に夾竹桃《きょうちくとう》が植えられている。

デコは二〇一号室の下に立った。ベランダを見上げる。

「犯人、どないして二階へ上ったんやろ」

「まず一階のベランダへ上ってやな、それから手すりの上に立って、二階のベランダに手をかけた。手さえ届いたら、あとは何とかしてよじ登れる」

「男いうのは、たった三百円か四百円のパンツ欲しさにどんな苦労もいとわんのやね」

「男やない、変質者というてくれ」

「分った。帰ろ」

ベランダを見て気が済んだのか、デコはいった。

「久しぶりに鮨《すし》でも食うて帰ろか」

「賛成。うちはトロとウニ。誠ちゃんはイカとタコや」


日曜日――。

スナック殺人の一件はすべて落着し、捜査本部は解散した。明日《あした》から深町班は大手前の府警本部に戻り、新たな事件発生に備えて待機する。私は祝いのコップ酒を飲みほし、同僚の文田《ふみた》といっしょに部屋を出た。これから飲み歩く。

南署を出て数歩、道の向こうで手を振る女がいる。赤に黄色の大きな花柄のワンピース、どこかで見た憶えがある。

「あの人、何です。知り合いですか」文田がいう。

「おれの水子霊や。年がら年中そばから離れることがない」

デコが走り寄って来た。私の腕をとる。

「あの、失礼ですけど……」文田が訊《き》く。

「私？　借金取りです」またくだらないことをデコはいう。

「ほな、この人が例の伶子ちゃん？　あの千日前《せんにちまえ》のキャバレーの」

「えっ、何やて」

「ぼく、ここでさいならします。馬に蹴《け》られて死にとうないよって」

文田は風をまいて走り去った。それを見送って、

「ちょっと」

デコの視線が冷たい。「伶子ちゃんて、誰よ」

「あの文田のよめはんや」

「つまらん嘘つかんとき。何の因果で自分の奥さんの名前が出て来るの」

「くそっ、文田のやつ」

私はげんなりした。これは文田のいたずら、男同士によくある軽いジョークだ。「今日は何の用や。鮨は食わんぞ」

「うち、これから中山病院へ行くし、つきおうて」

デコはにっこりして、「おもしろい趣向があるねん。酒井材木店事件は、今晩解決するんやて」

「それ、誰に聞いた」

「寺さん」

「石井、うたいよったんか」

「そうでもない」

「わけが分からんな」

「詳しい説明はあと。向こうで寺さんが待ってるし、早う行こ」

デコは手を上げて、タクシーをとめた。


「おめでとう。明日で退院やそうやな」私はいった。

「ええ、どうも」

酒井保彦は答える。頭の包帯はこの前会った時の半分ほどになっている。

「後遺症はどうなんや」

「それは、今のとこ大丈夫です」

「勉強、がんばらんといかんな」

「……はい」

「君、高校出て何年や」寺田が訊いた。

「三年めです」

「すると、年は二十一か」

「まだ二十歳です」

「毎日毎日、勉強ばっかりで頭がもやもやするやろ。何ぞ気晴らしはないんか」

「パチンコやったら、たまにします」

「友達、いてへんそうやな」

「それ、どういう意味です」

「いや、何でもない」

「あの……」

「どないした」

「ぼく、頭が痛うなってきました」

「わるい、わるい。もうすぐ帰るよってな」

寺田は慰撫《いぶ》するようにいい、ベッドに近づいて、「ところで君、三丁目の大成マンションいうのを知ってるか」

「さあ、知りませんけど」

「そらおかしいな。君はよう知ってるはずなんやけどな」

「…………」

「わし、きのうの夜、鑑識の連中を連れて大成マンションへ行ったんや。ほいで、ルミノール反応検査をしてみたんやけど……」

寺田はそこで言葉を切り、保彦の顔をうかがうようにして、「ルミノール検査て、知ってるか」

「どんなんです」

「スプレーに反応液を詰めて、シュッ、シュッとそこいらへんに吹きかけるんや。そしたら、もしそこに人間の血があったら、ルミノール液が血液と化学反応をしてホタルみたいに青白く発光する。眼には見えんほんの微量の血痕《けっこん》でもはっきり発光するんや。……どや、分ったか」

保彦は返事をしない。顔が蒼白《あおじろ》い。

「で、そのルミノール検査の結果なんやけど、マンションの西の端、一〇一号室のベランダのすぐ下、コンクリートブロック上に少量の血痕が付着してた。血はそこからマンション裏の通用口まで点々と落ちてたし、これはつまり、二〇一号室のベランダで下着を盗もうとしてた犯人が、その犯行現場を坂倉由利江に発見され、あわてて裏庭に飛び降りた結果、体の一部に創傷を負い、血を滴下させながら逃走したと、そういう鑑識の正式見解が出たんや」

「…………」

「わし、この間、君にいうたな。容疑者を逮捕したと」

「石井いう人ですね」

「そう。石井はシロやった」

「けど、アリバイがないとかいうてはったやないですか」

「それが皮肉なことに、石井のアリバイは君が証明したんや」

「えっ……」

「石井は車の中で深夜放送を聴いてた。オールナイト・オーサカ。童話作家が朗読した羊と狼の話を結末までしっかり憶《おぼ》えてた。ということは、朗読の終った二時三十分まで、石井は車外に出てない。……つまり、君を襲ったんではないと判った」

「それ、テープでも録《と》ってたんと違いますか」

「石井は盗《ぬす》っ人《と》や。真夜中にこそこそと侵入して、夜の明けんうちにずらかる。目撃者のおらんことを前提にして仕事しとるのに、何のためにアリバイ工作なんぞする」

「そやけど、石井は……」

「もうやめとけ」

　保彦の言葉を寺田は手でさえぎった。「推理ごっこはもうええ。……君を殴った犯人、教えたろ」

「だ、誰です」

「酒井保彦、おまえや。ここ四ヵ月間に発生した三十八件の下着盗は、みんなおまえの仕業や」

「…………」

「大成マンションと、おまえの家のブロック塀に付着してた血痕の血液型はA。同じく、おまえの血液型もA。申し開きがあるんならしてみんかい」

「……………」

「どうした、口がきけんようになったんか」

「知らん。ぼくは知らん」保彦は激しく首を振る。

「そうか、あくまでもシラを切るつもりか」

寺田は振りかえり、ドアに向かって、「すんません、入って下さい」声をかけた。

ドアが開いた。緊張した面持ちで入って来たのはデコ。じっと保彦の顔を見て、指をさし、

「この人です。この人が私の下着を盗《と》ろうとしてました」

「間違いおませんか」

「ありません」

「お名前、聞かせて下さい」

「坂倉由利江。大成マンションの二〇一号室に住んでます」

言い終らぬうちに、

「ウワーッ」

保彦の上体が大きく揺れ、そのまま前に突っ伏した。あとは嗚咽《おえつ》が洩《も》れるだけ。

寺田は私を見て、思い出したように、ふっと小さく笑った——。

身柄を大正署に移し、本格的な取調べをした結果、酒井保彦はすべてを自供した。そ

の自供にもとづいて、保彦の部屋を捜索したところ、押し入れの天井裏から大量の下着類が発見された。押収された下着類は、ブラジャーが四十数点とショーツが百十点、段ボール箱に二杯分もあったという。またその際、保彦が犯行時に着ていた黒のジョギングスーツ一着も同じところから発見された。

保彦は大成マンションで負傷して自室に逃げ帰りはしたものの、頭部からの出血が止まらず、このままでは死んでしまうのではないかとの恐怖にかられた。そこで、Tシャツとジーンズに着替えてジョギングスーツを天井裏に隠したのち、ステレオのボリュームをいっぱいにあげ、スチール棚の硬貨入りボトルをカーペットの上に叩《たた》きつけて、家人が起きるのを待った。棚のそばに頭を抱えて倒れていれば、頭の傷に不審の念を持たれることもなく、救急病院で治療を受けられると思った。

ところが、一夜明けてみると、自分の負傷は泥棒の居直りによるものとの見解を、事情聴取にあたった捜査員から聞かされた。

ここはその線に沿うほかない、保彦はそう考え、黒い影に首を絞められた――と、捜査員にいった。

捜査員は保彦の言に疑念を抱いたようすもなく、保彦は徹底的に被害者であり続けようと固く心に決めた――。

「しかし、ま、大手柄やな。こんな優秀な探偵、うちの署にはいてへんで」

串《くし》をつまんで、寺田はいう。

「塩干屋やめて、大正署に奉公するか」と、私。

「あほなこといいな。うちは岩朝塩干店の専務取締役やで」デコは私を睨《にら》む。

大正駅前の焼き鳥屋、寺田のおごりで私たちは酒を飲んでいる。

「けどおまえ、何がきっかけで保彦が怪しいと考えたんや」私はデコに訊《き》く。

デコはバーボンの水割りをクイッと空けて、

「金曜日、大成マンションへ行ったやろ。誠ちゃんといっしょに二〇一号室を見上げた」

「ああ。確かに見上げた」

「犯人はしんどいめして二階のベランダへ上った。……ほな、降りる時はどないしたんか。まさかロープを伝って降りるわけやないし、もし飛び降りたんやったら、絶対にケガをしてるはずやと、私は思た」

「なるほど。それで……」

「次の日、店から寺さんに電話して、そのことをいうた」

「何やおまえ、仕事サボッて電話ばっかりしとるんやな」

少し嫉《や》ける。人妻が男と話をするな。

「わし、由利江から話を聞いただけで、大成マンションへは行かんかったんや」

寺田が口をはさんだ。「自分の眼で現場を見んから、下着盗のケガに気がつかん。…

…ほんま、面目ないわ」

「市民の平和をあずかる警察官がそれでは困る。おれら、安心して眠られへん」

「おまえはそういうけど、マンションの血痕を検出してからは、わし、けっこう活躍したんやで」

「ほう、どない活躍した」

「下着盗はケガをしてる。石井はケガしてへん。保彦はケガしてる。……ここまで思い浮かんだら、あとはぴんと来るやないか。そこでわし、保彦のアリバイについてじっくり検討してみた。……一時三十分から二時三十分の間に襲われたというのは、あくまでも保彦ひとりの申し立てや。あいつが倒れてるの発見されたんは三時ちょっとすぎやし、大成マンションから家に逃げ帰って、そのすぐあと家族を起こしたと仮定したら、時間的な面はきれいさっぱり解決する。あとは狂言の動機を推理し、どうやって口を割らすかを考えるだけや」

「ステレオのボリュームを上げたんは、ボトル割る音をごまかそうとしたんやね」

「正解、そのとおりや。さすが照ちゃんは鋭い」

「しかし、おまえな」

私はいった。「デコを由利江に仕立てたんは感心せえへんぞ。もし保彦が口を割らへんかったらどないするつもりやった」

「そんなもんどうってことない。わしら三人が何もいわなんだら、それでええ」

「うち、うまかったやろ、お芝居」

デコが調子に乗っていう。私は相手にせず。

「ひとつだけ分らんことがあるんやけどな、保彦は救急車が来た時、何でボトルが落ちたといわんかったんや」

「あいつがケガしたんは二時半以前。ほんまにボトルを割ったんは三時すぎやから、そこまではっきりいうことにどこか抵抗があったんやろ。意識が朦朧《もうろう》としてるふりしてたら、あとはまわりの人間が適当に解釈してくれるし、説得力もあると、そう読んだんや」

「大学は落ちるばっかりやのに、知恵がまわるやないか」

「所詮《しょせん》は素人の猿知恵や。わしらみたいなプロにかかったら一発で看破される」

「その割には、解決までに一週間もかかったな」

「照ちゃんのおかげや。下着盗はケガしてるはずやというあの指摘がなかったら、解決はもっと遅れてた」

寺田はデコのことを必要以上にほめる。さっきからそうだ。気に入らない。大いに気に入らない。二人の間に何があったというわけでもないが、私の繊細な神経にぴりぴり障る。

「ね、寺さん、今度の日曜日、暇?」デコは寺田にほほえみかける。

「うん。まあ、非番やけど」寺田のやにさがった顔。

「うち、ね……」

「こら、デコ、何をいうとる。せっかくの休みを寺田に迷惑やないか」

糸が切れた。嫉妬《しっと》というならいえ。

「どないしたん。えらい機嫌がわるいやないの」

「わるうない。酒がまずいだけや」

「うちな、寺さんに克美《かつみ》ちゃんを紹介したらどうかと思てるんやけど」

克美は私のめいだ。

「ね、誠ちゃん、聞いてるの」

「聞いてる。ええ話や」

「ほな誠ちゃん、次の日曜日、どこかしゃれたレストランを予約しなさい。それから、克美ちゃんに連絡して――」

デコといっしょだと気の休まるときがない。しかし、ま、そこがいい。

帰り道は遠かった

「あ、そこ。そこで停めてください」

淀川区西中島。新御堂筋から淀川の堤防沿いを五百メートルほど西へ行ったところでタクシーを降りた。三台のパトカー、五台の警察車輛《しゃりょう》、班長の宮元が鑑識課員と話をしている。

「えらい遅いやないか。どこで何しとった」

私の顔を見るなり、宮元がいった。

「いや、ちょっと……」頭をかいてみせる。

「また飲み歩いとったやろ。ちょっとは年を考えたらどないや、年を」

放っといてくれ。自分の金で飲んどるんや。あんたにとやかくいわれる筋合いはない
――思いつつも、私は、

「すんまへん、現場どこですか」

「その土手を上って向こう側や」

「そうでっか、ほな」

宮元の脇をすり抜けた――。

淀川河川公園西中島地区。テニスコート横の空地、三台の大型ライトを受けて、その

車はあった。ウエストラインから上が青、下が黄色の派手なツートンカラー、まわりに四人の男が立っている。

私は土手を走り降りた。

「何や、黒さん、お早いお越しで。今夜はどこで飲んではりましたん」

振り向いたマメちゃんが宮元と同じことをいう。私は答えず、

「マメちゃんはいつここへ来た」

「一時間ほど前かな。ぼく、黒さんと違《ちご》てまじめな人間やさかい、夜はちゃんと家にいてますねん」

「まじめやない。雅子さんが怖いだけや」

「あんなオカメのどこが怖いんです」

「オカメとはよういうた。割れ鍋《なべ》にとじ蓋《ぶた》とはこのこっちゃ」

私はたばこをくわえ、「いつまでもマメのヨタ話につきおうてられへん。教えてくれ、事件の概略を」

「へい、へい、何なりと」

「まず被害者《ガイシャ》からや」

「名前は柴田《しばた》徳治《とくじ》。三十九歳。いろは交通のタクシードライバーです」

「まだ見つかってへんのか」

「ぼくのカンでは、たぶん死んでますね。日報を見たら、きのうの晩八時ごろからあと、

何も書かれてないんです」

今は午前二時、柴田が消息を絶ってから六時間が経過している。

「売上金は」

「一銭も残ってません。売上げの推定二万三千円と釣り銭の一万円、計三万三千円が奪《と》られてます」

「強盗《タタキ》やな」

「そう、強盗です」

「車内の状況は」

「助手席に血がべったり。運転席にも少々」

「そうか……」

私はドアの開いている運転席側にまわった。頭をつっこみ、車内のようすを見る。助手席の黒いレザーシートの上にバレーボール大の血だまり。背もたれの白いシートカバーにも大量の血が付着して、下半分はチョコレート色に染まっている。運転席のヘッドレストとシートカバー、薄っぺらいギンガムチェックのクッションに血痕《けっこん》。ダッシュボード、フロントガラス、サイドウインドーのところどころに血が飛び散って黒くこびりついている。

「こいつはどうも刃物を使うたんではなさそうやと、鑑識の連中はいうてましたわ」

後ろからマメちゃんがいう。「犯人は鈍器で被害者の頭を殴りつけた。被害者は昏倒《こんとう》、助手席側に崩れ落ちる。そこで頭から大量の血。犯人はいったん車外へ出て運転席のドアを開け、被害者を押しのけてそこへ坐《すわ》る。それから車を運転して……」

「ちょっ、ちょっと待ってくれ」

私は振り向いた。「犯行現場はここやないんか」

「どこのタクシードライバーがこんなうすら寒い河川敷の公園に車を乗り入れたりしますねん。家も建物もおませんがな」

「そういや、そのとおりやな」

「それに、ここは砂地です。車内から被害者を引きずり出したら、跡が残りますわ」

「引きずり出さずに、抱え上げたらええやないか」

「車から出た足跡は一本だけ。まっすぐ土手に向かってます」

「犯人は柴田を殴りつけたあと、ここへ来る途中で死体を棄てたというわけやな」

「そういうことですやろ」

「となると、第一犯行現場を特定せんことにはどうしようもないな」

「そいつは案外簡単かもしれませんで」

「どういうこっちゃ」

「こっちへ来てください」

マメちゃんは私の上着の裾《すそ》を引く。車の後部にまわった。

「どないです、これ」

「ほう……、けっこうやっとるやないか」

車はかなり損傷していた。リアバンパーはひしゃげて車体にめり込み、ウインカーは両方とも砕けて粉々、トランクリッドはねじ曲ってリアフェンダーとの間に二センチほどの隙間がある。

「犯人、よっぽどあわてたんか、どこぞで事故をしよったんですわ」

「相手は何や。電柱か」

「車です」

「車……」

「フェンダーの一部に塗料が付着してました。色はシルバー。夜が明けるまでには車種が判明しますやろ」

「手がかりとしては有力やな。車同士の事故やったら、シルバーの車を運転してた人物は犯人を目撃してる。ひょっとしたら示談話をしてるかもしれん」

「そう、そういうこと」

「いずれにしても、そのシルバーの車を特定することが先決や」

「手がかり、まだありまっせ」

「何や」

「ラジカセですわ。色は赤で、大きさはこれくらい」

マメちゃんは両手を広げてみせる。間隔は約六十センチ。

「柴田がラジカセなんぞ車内に持ち込むわけないし、犯人の遺留品やないかとみて、南淀川署に持ち帰りました。今、鑑識で調べてます」

「カセットは入ってたか、そのラジカセに」

「空ですわ。ラジカセの蓋は開いたままやったし、カセットは犯人が持って逃げたんやないかと班長はみてます」

「カセットには犯人につながる何かが録音されてた……。な、そうやな」

私はマメちゃんの同意を求める。と突然、眼の前に白い光が走った。

「びっくりするやないか」

「火のついてないたばこをいつまでくわえてますねん」

手にはライター、マメちゃんは自分もたばこを口にくわえて、いった。


「頭ぐらい梳《と》いたらどないです。ぼさぼさでっせ」

南淀川署会議室、マメちゃんは私の隣に腰を下ろすなり、そういった。

「わしゃ眠たいんや。頭梳く暇があったら、たとえ一、二分でも眠りたい」

「顔は洗《あろ》たんですか、歯は磨いたんですか」

「そんな一般常識人のするようなこと、このわしがすると思うか」

「これやもんな。黒木憲造、三十六歳にしていまだ独身。よほどの変態でない限り、生活をともにしようとはいわへん」

「やかましい。どんなに横着や不潔やと罵《ののし》られようと、わしゃ結婚なんぞせえへんぞ」

「せえへんのやない、できへんのです」

きのう……いや、今朝の三時、私とマメちゃんは河川公園をあとにした。マメちゃんは千里ニュータウンの自宅に帰り、私はここ南淀川署で仮眠をとった。起きたのは七時半、たった四時間しか眠っていない。

「熱いコーヒー、飲みたいな」

私はたばこを吸いつけた。頭がクラッとする。

午前八時、偉いさんが部屋に入って来た。南淀川署の署長、副署長、刑事課長、そして我が宮元班からは、宮元と、係長の服部《はっとり》。五人は黒板を背に並んで坐った。捜査会議の開始である。

初めに、署長が立って、南淀川署に捜査本部が設置された由を告げた。

次、宮元が立ち上る。髪の薄い頭をひとなでして、

「昨日、六月二日。午後十時二十分、淀川区西中島の淀川河川公園において、城東区野江のタクシー会社、いろは交通の営業車が発見された。発見者は――」

淀川区木川東の会社員、斉藤康夫《さいとうやすお》。斉藤は犬を散歩させていて、車を発見した。

日頃、河川公園内で車を眼にすることはほとんどない。車はライトが点《つ》いておらず、そばへ寄ると、運転手の姿もない。不審に思った斉藤はドアに手をかけて引いてみた。ドアは開いた。見ると、助手席のシート上に黒くドロッとした液体。それが血だと知っ

た時、斉藤は犬の鎖を放り出し、後ろも見ずに駆け出していた――。

「タクシー乗務員の名前は柴田徳治。三十九歳。住所は旭区森小路《もりしょうじ》二丁目Aの三〇八。公団住宅や。家族は三十六のよめはんと、小学校五年の息子。柴田の血液型はA。車内に付着してた血液もAであることから、これは柴田のものであろうと考えられる。出血量は推定で四百から六百cc、かなりの量や。運転日報によると、柴田は六月二日、午後七時五十分、北区曾根崎で拾《ひろ》た客を阿倍野《あべの》の近鉄駅前で降ろしてる。それからあと、タコグラフを見たら、十五キロほど空車で流しとるんやが、どこをどう走ったかは分らん」

「それはちょいとおかしいですな」

ごま塩頭の所轄捜査員が口を開いた。「柴田はタクシーの中で殴られてます。ということはつまり、犯人はいったんタクシーを停めて、車内に乗り込まなあきません。そしたら、柴田は行先を聞いて、メーターを倒すはずです。犯人、メーターを倒す前に、いきなり柴田を殴りつけたんでっか。……普通、タクシー強盗いうのは、どこぞ人気のないところへ車を誘い込んで、そこで、金を出さんかいと刃物ちらつかせるのが手口でっせ。犯行時間がまだ宵の口の八時すぎいうのも気に入りませんわ」

「そこや。そこがわしらにも疑問やったんやけどな」

すかさず、宮元は応じる。「タクシーの後部には真新しい衝突痕があるんや。付着した塗料を分析した結果、ぶつかった相手はSクラスのベンツで、色はシルバーやった」

「すると何でっか、柴田は事故の後処理をしてて……」

「そう。柴田とベンツの運転者はタクシーの中で示談話をしてた。で、その話がもつれたあげく、ベンツは柴田を殴った。メーターが倒されていないのも、これで納得できる。全体の状況から判断して、こいつはそうひどい推論ではない」

「なるほど、そういう考え方もできんことおませんな」

ごま塩頭はそういい、「ほな、犯人は複数である可能性もありまっせ」

「ある。ベンツに乗ってたん、一人とは限らん。それに、車種から考えて、持主はこれの可能性もある」宮元は指で頬を切る。

「ちょっとすんません」

前の方で手が上った。「タクシーの車内から、柴田以外の指紋とか掌紋は」

「そら客商売やし、いたるところ指紋だらけやった。現在、照合中や」

「毛髪はどうです」

「上の毛から下の毛まで百本近う採取したけど、長さも色も種々雑多。こっちの方はほとんど手がかりにはならん」

「遺留品はどうです。赤のラジカセは」

「あれはあかん。柴田の奥さんに聞いたら、ラジカセは柴田の持ちもんやった。……ラジカセを何で柴田が車内に持ち込んだか、それは分らんというてたけどな」

「カセットは一本もなかったんですやろ」

「なかった。これはわしの個人的意見やけど、柴田は犯人との示談話を録音してて、それで犯人はテープを持ち去ったとも考えられる」

そんなあほなことあるかい。それやったら柴田、事故の発生を予期してラジカセを用意してたことになるやないか――と、これは私が胸の奥でいった言葉。

「いずれにしろ、今はベンツを洗うのがいちばんの早道やと、わしは思う」

「ベンツについてもっと詳しいこと教えてもらえませんか」

他の捜査員が発言した。宮元はテーブル上のファイルを手にとり、

「ベンツのSクラス。正確には、SE、SEL、SECの三種類。大阪府下の登録台数は約四千台。そのうち、シルバーが七百台。現行最新型は一九八一年一月から輸入されてて――」

「ね、黒さん」

マメちゃんが話しかけてきた。「こいつは相当の長期戦を覚悟せなあきませんね。七百台ものベンツをいちいち洗うてたら、ひと月やふた月では済みませんで。それに、ぶつかったベンツは、必ずしも大阪府で登録されてるとは限りません」

「ま、効率のええ捜査とはいえんな」

「ぼく、いやでっせ。靴底すり減らしてこつこつ歩きまわるの」

「好きで歩きまわる人間が、どこの世界におる」

「そら班長はよろしいがな。自分は帳場に居坐《いすわ》ってて、ぼくらをあごでこきつかうだけ。

しんどいめするのは、いつもぼくら下っ端ですわ」

「給料が少なけりゃ少ないほど仕事はきつうなる、それが世の常や」

「おっ、えらい悟ってますやないか」

「あたりまえじゃ。わしはな……」

「こら、そこの黒マメ、何を喋《しゃべ》っとる」

宮元に叱られた。私もマメちゃんも下を向く。いつもとばっちりを食うのはこの私だ。

――それから一時間、今後の捜査方法や人員分担について具体的な検討がなされた。私とマメちゃんに与えられた仕事は柴田の身辺調査。彼の交友関係を調べ、そこに犯人につながる何らかの手がかりを見出《みいだ》すのが目的だった。可能性としては薄弱だが、調べないわけにはいかない。


「そうでんな、最近の柴田のようす、別に変わったとこはなかったですな」

城東区関目《せきめ》のパチンコ店『ニューヨーク』。いろは交通のドライバー橋口圭一《はしぐちけいいち》は玉を弾《はじ》きながらいう。今日、橋口は明け番だ。

「最近、柴田さんに会いはったんはいつのことです」

橋口の後ろに立ち、玉の動きを眼で追いながらマメちゃんは訊《き》く。橋口は一服吸いつけて、

「五日前かな。あいつといっしょに住之江の競艇場へ行きましたわ」

「柴田さん、賭《か》けごとが好きなんですか」

「いうたら何やけど、徳治のやつ、最低でっせ。博奕《ばくち》狂いやさかい、いつもピーピーいうて、わしらに千円、二千円の金を借りまわってたんですわ。返す気なんか、まるっきりないくせにね。たまに飲みに行っても、勘定はいつもわし。あんなやつとつるんでたら損するばっかりや」

「けど、会社では、橋口さんと柴田さん、いちばんの遊び友達やと聞きましたで」

「あいつとわしは腐れ縁。わしのよめはん、あいつのいとこですわ」

橋口は熱のこもらぬふうにいい、「くそったれ、全然あきまへんがな。もう七千円も突っ込んでますねんで。何や喋りながら打ってると身が入りませんな」

立ち上って、ポケットからくしゃくしゃの札をつまみ出す。

「最後にひとつだけ」

私はいった。「柴田さんは、いつも車にラジカセを積んでましたか。赤いラジカセを」

「知りませんな。見たこともない。だいいち、あんな大きなもんを車に載せてたら、客の邪魔になりますがな」

橋口はふてくされたようにいい、玉貸し場へ行った。

——パチンコ店を出た。

「気に入りませんね、橋口の態度。生意気や」マメちゃんはいう。

「タクシーの運転手いうのは人嫌いが多いんやろ。人とつきあうのがいややから、運転をやってるともいえる」

ぼくね、もひとつ気に入っ」ことがあるんですわ」

何や、どういうこっ長は示談話のもつれで柴田がやられたんやないかというてました

「捜査会議のとってた」ませんねん。そういう発作的な犯行やったら、犯人、売上

やろ」

「あ必ずしも同意はる。それに、柴田を殴りつける得物を用意してませんがな」

金を盗んだりしませ」あっさり肯定する。考えるのが面倒だ。

「うん、それんのは、柴田の、たぶん死体を、どこぞに棄てたこと。単なるタクシ

示談話のもつれによる衝動的犯行にせよ、ひっかかることが多すぎます

「もっな深読みをせなあかんほどのややこしい事件とは、わしには思えんけどな」

ジカセ、事故、死体遺棄……。ほんま、どないなってますねん」

ぽつりといい、マメちゃんは足許《あしもと》の小石を蹴《け》った。

関目のうどん屋で昼飯を食べ、南淀川署の捜査本部へ戻ったのは午後一時だった。部屋には誰もいない。

「どないしたんやろ。バテレンもおりませんがな」

班の連中は宮元のことをバテレンと呼ぶ。まだ五十を少し過ぎたばかりなのに、頭頂部を見事に光らせ、短く切り揃えた前髪を無造作になでおろしているのがその名の由来するところだ。

「鬼のいぬ間の洗濯。ちょいとお昼寝でもするか」

私は椅子に深くもたれかかり、足をデスクの上にのせた。と、そこへ、

がバテレンや、何がお昼寝や」

「現場向こうからあのだみ声。宮元が出てきた。「おまえら、今すぐ現場へ行け。ト

「あほ。大連中も出たばっかりや」

大正区……」

「園ですか」

会社のニュースを見た

っしい」

それ、確かな情報

きのうの晩、会社いさっき通報があったんや。名前は若山誠一《わかやませいいち》。倉庫

ベンツは銀色、タクシーか」

会社の前にベンツとタクシーが停まってるのを目撃した

解。行って来ます」

青と黄色のツートンカラー、尾灯が壊れてたそうや」

十三《じゅうそう》から阪急で梅田、環状線に乗り換えて大正駅。駅前でタクシーを拾った。大正区小林町の大正内港。尻無川《しりなし》と木津川運河を結ぶ小さな内港だ。昭和三十年代までは貯木場だったという。

「あそこですわ。トリさんがいてる」

マメちゃんが指をさす。タクシーを降りた。

二車線の舗装路。北側は鉄骨スレート造りの倉庫が三棟、南側は内港、岸壁に小型クレーンが据え付けられている。

「係長、遅うなりました」私は服部に声をかけた。

「おう」

服部は小さく手を上げる。痩《や》せた体、くすんだ茶色の背広、浅黒いというよりは黄色っぽいその顔には深い皺《しわ》が何本も貼りつき、それが窪《くぼ》んだ眼と前に突き出た厚い唇をとりまいている。

「ここや。ここでベンツとタクシーがぶつかった」

クレーンのこちら、雨水溝附近に赤いプラスチック片やガラスのかけらが散乱しているのを、鑑識課員が撮影している。

「そこの倉庫会社の保安係がいうには、ベンツがタクシーに追突したらしい。ガシャンという大きな音がしたんで窓から覗《のぞ》いてみたら、赤いジャンパーに黒ズボンの男がちょうどタクシーの助手席のドアを開けようとしてたとこやった」

「その男、どんなやつです」

「小肥《こぶと》りでチリチリのパンチパーマ。見るからに極道やった」

「ベンツには誰も？」

「それは分らん。ベンツはタクシーの十五メートルくらい後方に停まってた。ヘッドライトが片方消えてたそうや」

「目撃した時間は」

「午後八時三十分。この辺は倉庫や工場ばっかりやし、今のとこ、その保安係の他に目撃者はいてへん」

「柴田は事故のあとで殴られたんですかね」

首をひねりながらマメちゃんはいう。犯人は柴田を襲ったあと、河川公園へ行く途中で事故を起こしたというのがマメちゃんの説だった。

「凶器はヘドロの底に沈んでるかもしれませんな」

いって、私は岸壁の向こうを見やる。艀《はしけ》が十数隻と貨物船が三隻、港内に停泊している。水面は濁った茶色で、ドブのようなにおいが時おり鼻をかすめる。

「港を浚《さろ》うてみないかんやろ。ひょっとしたら柴田の死体も揚がるかもしれん。ブロック抱えて水の底、その可能性は充分にある」

服部は上着のポケットに両手を突っ込み、「土左衛門《どざえもん》いうのはかなわん。まっ白でぶよぶよ、おまけに倍ほどに膨れ上っとる」

もうまるで柴田の死体が引き揚げられたかのように肩をすくめる。

「けど、おかしいな」

マメちゃんがいった。「こんな人気のないとこへ、何で柴田は来たんやろ。客を拾うんやったら大通りを流すべきです」

「ちょいと仮眠でもしよと思たんや」

「そやけど……」

「おまえら、こんなとこでボーッとしてんと、早よう訊き込みにまわらんかい」

服部は邪険に手を振った。


——そして三日、柴田はまだ見つからない。連日、大正内港の捜索は続けられているが、網にひっかかるのはタール状の泥とゴミばかり。何ごとも目算どおりにはいかない。

「七時や。帰るか」

JR阪和線、和泉砂川《いずみすながわ》駅前、私はマメちゃんにいった。「今日は何軒まわったかな」

「三軒ですわ。ほんま、よう歩いた」

マメちゃんと私は自動車修理工場を巡り歩いている。対象車はシルバーのベンツ。朝、府下のディーラー、工場に電話をし、最近ベンツが持ち込まれていたなら、その修理箇所、損傷状態を訊《たず》ね、ものになりそうだったら、直接、工場へ出向いて調べてみる。私とマメちゃんの担当地域は大阪府下の和泉市から西——岸和田、貝塚など五つの市と、熊取など三つの町である。

「黒さん」

「ほい」

「今晩あたり、どないです」

「酒か……」

「毎日毎日、こんなしみったれた訊《き》き込みしてたら気が滅入《めい》ります。たまにはワーッと歌でも歌わんことには明日《あした》の活力がわきませんわ」

「飲むのはええけど、わし、あんまり持ってへんで」

「大丈夫、ぼくに任してください」

それを聞いた私は手をメガホンにした。

「よっ、太っ腹、お大尽」

「ぼくね、今日は一万円持ってますねん」

「あほたれ。おととい来い」

——と、いいつつ、捜査本部へ戻って報告を終えたあと、私とマメちゃんはキタへ繰り出した。一軒めは炉端、二軒めはパブ、そこでマメちゃんの一万円はなくなった。

曾根崎通りをほろほろ歩きながら、

「どないします。帰りますか」

「まだ十時前や。こんな早よう帰ったらお天道《てんとう》さまに申しわけない」

「お天道さん、とっくの昔に沈んでまっせ」

「ほな、ネオンさまに申しわけない」

「黒さん、酔うてるわ」

「さて、ほんまにどないしょ」

私は立ち止まり、ポケットの札を出す。三千円あった。

「よっしゃ。これを五倍にしよ」

千円をマメちゃんに渡し、ちょうど行きあたったパチンコ屋に入った。

――二十分。二千円は消えた。

立ってマメちゃんの席に行くと、台の前に青い箱を三つも並べていた。

「へっへー、大したもんですやろ」

「ちょっと寄越せ」受け皿に手を出す。

「あかん、あかん。そんなことされたらツキがなくなります」

「元はといえばわしの金やないか」

「勝ったんはぼくです」

「汚いぞ」

「どっちが汚いんです」

早々に切り上げて、交換所へ行った。マメちゃんは壁の景品を眺めながら、

「一万円はありますやろ。もう一軒行けまっせ」

「よし、上出来や」

「あっ……」

「何や、どないした」

「あれ見てください」

マメちゃんの指さす先に景品のラジオカセットがあった。スピーカー分離タイプのダブルデッキ、玉九千個の札が付いている。

「今、思い出したんやけど、いろは交通の橋口、ラジカセのこと知らんというてましたな」

「どういうこっちゃ」

「黒さんが橋口に訊いたやないですか。柴田さんはいつも車に赤いラジカセを積んでましたか、と」

「そういや、訊いたな。橋口、見たこともないと答えよった」

「それだけやおません。あんな大きなもん積んでたら客の邪魔になる、といいました」

「うん、確かにいうた」

「見たこともないラジカセが客の邪魔になるくらい大きいと、橋口は何で知ってたんです。ウォークマンみたいな小《ち》っこいラジカセもありますがな」

「あれはヘッドホンステレオ。ラジカセは大きいものという観念があるやないか」

「そうかな。ほんまにそうやろか」

マメちゃんは首を傾げ、「あの橋口、どうも気に食わん。柴田のことをぼろくそにいうてました」

「借りた金を返さんからやろ」

「それが分ってて、何でいっしょに競艇へ行くんです、何で飲みに行くんです。橋口にとって柴田は、義理であるにせよ、いとこです。そのいとこが殺されたかもしれんというのに、橋口は平然としてました。黒さんはどうです、おかしいとは思いませんか」

「わしゃ、別に思わんけどな」

うーん、マメちゃんは眉根《まゆね》を寄せて考え込む。

「ちょっと、お客さん」

交換所のおばさんがいった。「そんなとこにずっと立ってられたら困ります。用がないんやったら出てください」

――追い出された。

「黒さん、ぼく、先に帰ります」

「何や、何や、つきあいわるいぞ」

「自分から誘うといていいにくいんやけど、今日はこの辺で堪忍して下さい」

マメちゃんは景品のテグスのいっぱい入った紙袋を私に押しつけ、「すんません、の埋め合わせは必ずしますから」

いうなり、クルッと後ろを向いて走りだした。

「こら待て、卑怯者《ひきょう》。まだ歌を歌《うと》てないやないか」

マメちゃんは見る見る小さくなって、人波の向こうに消えた。

「あーあ、淋《さび》し」

あくびが出た。飲む気は失《う》せた。


「お、どないした。よめはんのおっぱいが恋しいいうて夜も更けんうちに逃げ帰ったくせに、今朝はえらいしんどそうな顔をしてはるやおませんか」

捜査本部、隣のデスクに腰を下ろしたマメちゃんに、私はいった。

「黒さんこそ、遅刻もせずにちゃんと出て来はりましたんやな」

「酒を飲んでも、しくじったことは一度としてない」

「ようそんな口から出まかせを平気でいえますな。閻魔《えんま》さんに舌抜かれまっせ」

「かまへん。わしゃ二枚舌や」

「きのうはね、用事を思い出したんです」

「用事て何や。これか」私は小指を立てる。

「そんなしゃれた遊びができるほどの給料、もろてませんわ」

「金はあっても、その顔と体型ではな……」

「どういう意味です、それ」

「別に意味はない」

「ぼくね、黒さんと別れたあと、いろは交通へ行きましたんや」

「いろは交通？　いったい何をした」

「詳しい話はあと」

マメちゃんは周囲を見まわして、「ちょっと外へ出ましょ。朝のコーヒーでもどうです」

耳許《みみもと》でささやいた。私はうなずいて立ち上る。宮元を横眼に見ながら部屋を出た。

バス通り。喫茶店を探して角の信号まで来た時、ふいにマメちゃんが手を上げた。タクシーが停まる。

「さ、乗ってください」背中を押された。

「ちょっと待て。どこへコーヒー飲みに行くんや」

「城東区野江。貿易学院の前まで」

ドアが閉まるなり、マメちゃんはいった。

いろは交通の従業員休憩室。橋口圭一は隣の仮眠室から眼をこすりながら出て来た。パイプ椅子を引き寄せて、さも疲れたように腰を下ろす。

「何ですねん、こんな朝早ようから」

橋口はパジャマの胸をはだけて首筋をかく。

「すんませんな、お寝《やす》みのとこ」

「わし、三時間しか寝てないんでっせ」

「ま、そういわんと。たばこ、どうです」

マメちゃんはキャビンを差し出す。橋口は黙って一本抜き、テーブル上の徳用マッチで火を点《つ》けた。

「このあいだ、ぼくらがここへ来た時、橋口さん、柴田さんといっしょに競艇へ行ったとかいうてはりましたな」

「ああ、いいましたで、確かに」

「ぼく、うっかり聞き忘れたんやけど、住之江の競艇場、何人で行ったんです」

「えっ……」一瞬、橋口の顔に狼狽《ろうばい》の色が見えた。

「橋口さんと柴田さんの二人だけでしたか」

「さあ……どないやったろ」橋口は首をひねる。

「こら妙ですな。つい十日ほど前のことを忘れはったんですか」

「そや、そや、思い出した。山中《やまなか》もいっしょでしたわ。配車係の山中」

「そう、そのとおり。あなたは、山中さん、柴田さんと、三人で住之江へ行ったんです」

「何や、知ってますんか」

「きのうの夜、山中さんに会うて、話を聞きました」

「どんな話ですねん」たばこを吸う橋口の指先が震え始めた。

「山中さんがいうには、柴田さんと橋口さんは一レースに二万円ずつ賭《か》けてたそうですね。それで二人とも十万円ずつ負けた……」

「あれは確かにひどい負け方でしたな」橋口は笑ってみせるが、眼は笑っていない。

「立ち入ったこと訊《き》くけど、十万円もの小遣い、どこで都合しはったんです」

「そんなもん、いちいち説明することおませんがな」

「ほう、説明できんわけでもあるんですか」

橋口は返事をしない。

マメちゃんはテーブルに片肘《かたひじ》をつき、橋口の顔をじっと見て、

「山中さんもぼくと同じ疑問を持ったそうです。で、柴田さんにいうた。えらい豪勢な遣いっぷりやな、と。すると柴田さん、このあいだ、桜之宮でおもろい客を拾たんやけど、そいつが大そうなチップをくれたんや、というから、『そら、チップやのうて財布でも忘れたんやろ』と、山中さんは訊いてみた。柴田さんはにやっとして、そんなことしたらネコババや、手が後ろにまわるやないか、と答えたそうです。それで、今度の開催日はもっと大きな勝負をしたる、ともいうたらしい。……どうです橋口さん、今ぼくがいうた二人のやりとり、憶《おぼ》えてますか」

「知らん。憶えてへん」

「けど、あんた、それを横で聞きながら笑うてたそうやないですか」

「…………」橋口の背中が丸くなる。

「とぼけたらあかんで。何やったら、ここへ山中さんを連れて来るか」

「知らん。わしは知らん」橋口の絞り出すような声。

「ええ加減にせんかい」

マメちゃんはテーブルを叩《たた》いた。「いつまでも知らぬ存ぜぬで通るほど警察は甘うないんやで。同僚に聞いてみたら、あんたも柴田も遊び好きで、年がら年中金づまり。会社にもかなりの額の前借りをしてるというやないか。あんた、どこで金を手に入れた。何で刑事に嘘をつくんや」

「すんまへん」

橋口は頭を下げた。「――柴田のやつ、脅喝《ゆすり》をしてたんです」

「脅喝？」

「柴田は、わしにいいました。その桜之宮で拾た客というのは、アベックやったんです。男は三十半ば、女は四十前後。見るからに不倫の関係やったそうです」

――都島区桜之宮、一帯は大阪でいちばんのラブホテル街である。

五月二十日、午前二時、柴田は桜之宮で客を乗せた。箕面《みのお》の百楽荘《ひゃくらくそう》を経由して茨木《いばらき》へ行ってくれ、男は少し酔った声でそういった。

天六から豊崎、新御堂筋を萱野《かやの》へ。国道一七一号線を西に折れ、牧落《まきおち》の交差点を北へ一キロ。百楽荘へ着くまでの間、リアシートの二人はかたときも離れることがなかった。男の手は女のスカートを割り、女は男の背中をかき抱く。「ね、今度いつ会える」「今週は無理だ」「冷たいのね」「こういうことはほどほどにしなきゃな」「あ……」

この種の客に馴《な》れがあるとはいえ、後ろの動きが気になって、柴田はルームミラーばかり見ていた。

「ここ、ここで停めて」それまでの痴態が嘘かと思うような醒《さ》めた声で女がいった。長い築地塀《ついじ》の、どっしりとした冠木《かぶき》門の真前だった。「これ。お釣りはいらないから」女は一万円札を柴田に手渡し、車を降りた。柴田はゆっくりと車を出す。女が邸内に入るのが見えた。

一七一号線を東へ。茨木市耳原で車を降りるまで、男は口をきかなかった。料金は六千二百円。三千八百円のチップだった。

大阪市内へ帰ろうと萱野まで来た時、柴田にある考えが浮かんだ。さっきと同じコースをたどって百楽荘へ走り、あの冠木門の手前で車を停めた。人通りはない。ここは府下有数の高級住宅街だけに、附近の住宅はどれも大きく、広い。中でもひときわ豪壮なのがこの冠木門の邸《やしき》で、敷地は五百坪、和風銅板葺《いたぶ》きの平家は百坪を優に越えているだろう。

柴田は車を降りた。築地塀に沿って歩き、門の表札を確認した。

五月二十日の午後、柴田は明け番だった。家には誰もいない。息子は小学校、妻はパートに出ていた。柴田はラジカセを電話のそばに置いた。カセットを入れ、ラジカセと電話機をコードでつなぐ。コードは片方が小さな円盤状の集音装置になっていて、これを電話機の底に貼り付けると、通話を録音することが出来る。昼前に近くの電器店で買ってきた。

柴田は一〇四で、きのう確認した表札の主の電話番号を訊いた。番号が分った。ラジカセを録音状態にし、ダイヤルをまわした——。

「なるほど。そういうことやったんか」

橋口の話を聞き終えて、マメちゃんは大きくうなずいた。「あんた、そのテープを聞いたことあるか」

「ええ」橋口はこっくりして、「テープはわしが持ってます」

「何やて」

「柴田のやつ、自分で持っとくのはヤバいからというて、わしに預けよったんです」

「どこや、どこにある」

「わしのロッカーです」

「よし、行こ」

ロッカー室——。

これがそうです、橋口はハトロン紙の大型封筒を取り出した。受け取る。セロハンテープでぴったり封をしてある。

私は破った。封筒の中にまた封筒、カセットを抜き出した。メモの類《たぐい》はない。

「どこぞにデッキないか」

「あります。事務所に」

橋口はロッカー室を走り出て行った。いったん吐いてしまった小悪党は、ほとんど例外なく我々に対して人が変わったように協力的になる。

橋口が戻って来た。手には古くさい型のカセットデッキ。プラグをコンセントに差し込み、カセットを入れて再生する。

もしもし――。女の声。年は四十前後か。

おれ――。くぐもった男の声。かなり不明瞭《ふめいりょう》。

――おれって？――何をいってる。きのう会ったばかりだろ――。ごめんなさい。声が違うような気がして――。風邪をひいたんだ。二人とも素裸だったもんな――いやらしい人――。今度いつ会う――。あなた、今週はだめだって……えっ――。何だ、どうした――。あなた誰、ほんとにマキオさん？

プツッとそこで通話が途切れた。あとしばらくテープをまわしてみたが、何も録音されてはいなかった。

「そうか。こういうからくりやったんか」

ぼそっとマメちゃんはいい、橋口に向かって、「このテープをネタに、柴田は女を脅《ゆ》喝《す》ったんやな」

「そう、そのとおりです」

「柴田はうまいこと喋《しゃべ》るやないか、東京弁を」

「あいつは千葉の生まれです。中学を出るまで向こうにおりました」

「柴田、何ぼほどかすめ取ったんや」

「知りません」

「あんた、柴田から分け前をもろたんやろ。住之江の競艇場や」

「あれは違います。あの十万円は柴田に奢《おご》ってもろたんです」

「ものはいいようやな。で、百楽荘の女は何者や」

「それも知りません」

「隠しごとすると、ためにならんで」

「これはほんまです。柴田のやつ、肝腎《かんじん》なとこは喋りよらんのです」

「それ、嘘やないな」

「ここまで来て、嘘なんぞつきません」

「よし、分った。これは預っとく」

　マメちゃんはデッキからカセットを抜いて、上着の内ポケットに入れた。私は橋口の肩を叩いて、

「な、橋口さん、フケたらあかんで。今度は出頭してもっと、調書を取らないかんからな」

念を押して、ロッカー室を出た。橋口は今にも泣きだしそうな顔をしていた。

マメちゃんと私は野江からタクシーに乗った。時間が惜しかった。

箕面市西小路《にししょうじ》、市役所の前でタクシーを降りた。館内に入り、受付で市域の詳細な地図を閲覧したいといった。

地図は左奥のロビーにあった。

百楽荘一、二丁目と、三、四丁目、詳細図は二枚に分割されていた。どちらも新聞紙大の大きさで、住宅には一つひとつ居住者の姓が書かれている。敷地が五百坪を越すような個人の住宅は数えるほどしかない。私はメモ帳に、該当する住宅の所在を書き込んだ。

市役所を出た。百楽荘までは二キロ、歩いて二十分だった。

百楽荘一丁目、該当の二軒はどちらも洋風の家で、冠木門はなかった。

二丁目、これもだめだった。

そして、三丁目。

「あった、これや」マメちゃんがいう。

その邸は薄茶色の高い築地塀に囲まれ、塀の中央部に冠木門、すぐ右横はガレージになっていた。

私は冠木門の表札を確認した。《島畑慎一郎《しまはたしんいちろう》》、とあった。

「黒、黒さん」

マメちゃんが上着の裾《すそ》を引く。「そこにおもしろいもんがおまっせ」

パイプシャッターのガレージ、奥に二台の車が駐《と》められている。一台はBMW、もう一台は、

「ベンツやないか」

ベンツ五〇〇SEL、色はシルバーだ。後ろ向きに駐められているから、ヘッドライトやフロントバンパーがどうなっているかは分らない。

「こいつはひょっとしたら、瓢箪《ひょうたん》から駒ですわ」

「どうする、何人か連れて出直すか」

「ここまで来て、出直すはないでしょ」

「しかし……」

「あたって砕けろ。突っ込みましょ」

マメちゃんはインターフォンのボタンに指を近づける。

「待て。やめとけ」

「やめられますかいな。鼻先にニンジンがぶらさがってますねん」

マメちゃんはボタンを押した。

——はい。——すんません、警察です。——えっ。——ちょっと聞きたいことがあるんですけど。——どういうご用件です。——あの、門を開けてもらえませんか。——ほ

んとに警察の方ですか。――こっちへ来てくれたら手帳を見せます。――分りました。お待ちください。

しばらく待って、扉の向こうに誰かが近づいて来る音。通用口が開いた。

顔をのぞかせたのは、ひっつめ髪の小柄な女性で、年は五十すぎ、白いブラウスにグレーのカーディガンをはおっている。

マメちゃんは手帳を呈示して、

「奥さんですか」

「いえ、私は使用人です」

「奥さんにお会いしたいんですけど」

「今日は池田へ行ってはります」

「池田？」

「はい。五月丘《さつきがおか》の清友会病院です」

「どこか具合でもわるいんですか」

「ご主人の病院です。……ご主人は清友会の理事長です」

「どうりで、立派なお邸《やしき》ですな」

マメちゃんはガレージを見やって、「あのベンツですけどね、えらい事故してますな」

「よくご存じですね。外から見えますか」

「誰が運転してはりましたん」

「奥さまですけど……、それが何か」

「いや、何でもおません」

いって、マメちゃんは私に片眼をつむってみせる。私は前に出て、

「失礼ですけど、おたくさん、この家には何年ぐらい……」

「もう十年になります」

「ほな、たいていのことは知ってはりますな。……まず、島畑家の家族構成から教えてもらいましょか」

メモ帳とボールペンを手にとった。


池田市五月丘。医療法人清友会池田病院、四階の応接室。凝った織りのテーブルクロス、抽象の油絵。革張りのゆったりしたソファ、ガラスのテーブルをはさんで、島畑佳《か》苗《なえ》が坐《すわ》っている。夫の慎一郎は医師会の会合で朝から京都へ行っていると聞いた。

「ついさっき、箕面のお宅でベンツを見たんですわ。片方のヘッドライトは割れてるし、ラジエーターグリルはひしゃげてる。それやのに、ぶつかった相手も、その場所も知らんとは、どういうわけですねん」マメちゃんはいう。

「でも、憶《おぼ》えてないんです。本当に」

佳苗は視線を膝《ひざ》に落としたまま、同じ答えをくりかえす。ソバージュの長い髪が濃紺のシルクブラウスの襟にかかっている。ネックレスはプラチナのダブルチェーン、左手

くすり指の指輪は二カラットほどのダイヤ、時計は金むくのロレックスだ。

「五月十九日の夜、奥さんはどこにいてました」

らちがあかないとみてか、マメちゃんは攻め口を変えた。佳苗は答えない。

「どうもまた忘れはったみたいですな。ほな、ぼくからいいましょか。十九日の夜、おたくは桜之宮のラブホテルにいた。もちろん、男といっしょです。で、二十日の午前二時、ホテルを出てタクシーを停めた。タクシーは百楽荘で奥さんを降ろし、茨木の耳原まで男を送って行った。おたくは何食わぬ顔で邸内に入り、寝た。その日、ご主人は東京へ出張してたし、お手伝いのおばさんは夕方から自宅へ帰ってた。と、そこまではよかった。何の問題もなかった。……ところが、二十日の午後、電話がかかってきた。相手は柴田徳治。そう、いろは交通のタクシードライバーでした」

マメちゃんは言葉を切り、ポケットからカセットテープを出してテーブルに置いた。

「何やったらこのテープ、再生しましょか」

佳苗の顔が蒼白《そうはく》になった。

「いえ……」佳苗は苦しそうに首を振る。

「不倫をネタに、柴田はおたくを脅喝《ゆす》った。それに屈して、おたくはカセットと交換に、一ぺんは柴田に金を払うた。けど、世の中そんなに甘いもんやない。柴田は、ちゃっかり、テープをダビングしてたんですわ。……さ、喋《しゃべ》ったらどうですか。喋って楽になりなはれ」

佳苗はじっと俯《うつむ》いている。

「聞くところによると、ご主人の慎一郎さん、再婚やそうですね。ご主人は六十二で、おたくは四十。夫婦の間に子供はないけど、ご主人には娘が二人いる。それは七年前に亡くなりはった前の奥さんの子で、上は三十七歳、下は三十三歳。二人とも早ように結婚して、孫が四人。で、世間一般の例にもれず、おたくは義理の娘とうまいことといってへん。おまけに最近はご主人とも不仲。二十歳もの年の差は埋めようがなかった。……と、こういう状況のもとで、もしこの浮気がばれた場合、離婚は火を見るよりも明らかです。非は一方的にこっちにあるから、財産分与なんぞ望むべくもない。おたくにとって、このテープは何がなんでも取り戻さないかん爆弾やったというわけですわ」

「刑事さん……」

佳苗は窓の外に眼を向けた。息を深く吸い込んで、「私、どうすればいいか分らなかった。脅迫は永遠に続く、そう思いました。それで、相談したんです」

「浮気の相手に、ですな。名前はマキオ……」

「彼は、何とかするといってくれました」

「それで」

「柴田とは何度か電話のやりとりがあって、私はこういいました。六月二日、午後九時、大正区の大正内港へ来てください、中央埠頭《ふとう》の先にコンテナ置場があるから、そこでお金を渡します、と」

「金額は」

「二百万円。私はお金を用意して、二日の午後六時、ベンツに乗って出かけました」

――佳苗はマキオの指示どおり、梅田の喫茶店『ローヌ』へ行った。ローヌで会ったのは佐伯《さえき》と名乗る三十すぎの男。赤いブルゾンに黒のスラックス、髪はパンチパーマで、どう見てもヤクザだった。佐伯はマキオから聞いて事情はのみこんでいるらしく、「任しなはれ。わしのいうとおりにしてたらええ」と、肩をゆすりながらローヌを出た。

午後八時、佐伯は大正内港の百メートルほど手前、二車線の道路脇にベンツを駐めて、「ここで相手を待つ。中央埠頭へ行くにはこの道を通らんといかんのや」と、そういった。佳苗は助手席で身を硬くしていた。

八時二十八分、いろは交通のタクシーが現れた。ベンツの脇を走り抜ける。「あれです、あの車です」佳苗はいった。佐伯はベンツを急発進させ、タクシーを追走した。

大正内港の岸壁にさしかかったところで、佐伯はベンツをタクシーに追突させた。

「あんたはここにおれ」佐伯は内ポケットから黒い塊を抜き出した。ベンツのドアを閉め、前方に停まったタクシーに走り寄って行く。

ピストル……。佳苗は佐伯が手にしていたものに気づいた。気づいた途端、いいようのない恐怖に襲われた。佳苗は半ば無意識で運転席に乗り移り、ベンツを発進させた。どこをどう走って百楽荘へ帰り着いたかは分らない――。

「なるほどね。ぼくらの読みとほぼ一致する」

マメちゃんは満足げにうなずき、「佐伯は柴田の死体をどこに棄てたんです。マキオから聞いてますやろ」

「棄ててなんかいません、どこにも」

佳苗は強くかぶりを振る。「殴られたのは佐伯の方です」

「何ですて……」

「これからあとのことは、私は詳しく知りません」

佳苗は傍らの電話をとり、ボタンを押す。「外科部長をお願い」手短かにいった。

「外科部長て、誰です」

「牧尾克彦《まきおかつひこ》。そう、私の不倫パートナー」佳苗は力なく嗤《わら》った。

ほどなくしてノックの音。背の高い白衣の男が現れた。広い額と度の強いメタルフレームのメガネが印象的だ。

「こちらのお二人はね、刑事さんなの」

佳苗は牧尾に向かってそういい、私たちに視線を戻した。

牧尾はそのひと言ですべてを察したようだった。さして驚いたふうもなく、ゆっくりとこちらに来て佳苗の隣に腰を下ろし、

「いつかこうなるとは思っていました」低い、よく通る声でいった。

「ね、話してあげて。佐伯さんがタクシーに乗り込んでからのこと」

「ふむ……」

牧尾は小さく応《こた》え、「柴田は佳苗さんに聞かせるためか、ラジオカセットを車内に用意していたそうです。佐伯はピストルを柴田に突きつけて——」

「——テープどこや」「そこ、ラジカセの中です」佐伯はカセットを抜き出した。「他にもまだあるやろ」「いえ、これだけです」「この間もそういうたらしいな」「…………」

「正直にいわんかい。残りのテープはどこや」「あの……」「何や」「ゼニは」「ばかたれ。わしはな、親分《おやじ》から、おまえを殺《や》れといわれとるんやぞ」「へっ……」「さ、いえ。残りのテープどこにある」

ワーッ、柴田がむしゃぶりついてきた。ピストルが落ちた。「こ、こいつ」喚《わめ》いた途端、側頭部に衝撃。佐伯の意識は途切れた——。

「佐伯は一時間くらい気を失っていたそうです。気づいた時、柴田の姿は見あたらず、足許《あしもと》にはピストルと血染めのスパナがころがっていました」

「佐伯、それからどないしたんです」

「とにかく、現場を離れないといけない、私に会わなければいけない、そう思って」

佐伯は運転席に坐《すわ》り、エンジンをかけた。キーはついていた。

大正区から西区、なにわ筋を北上して大淀区豊崎。新御堂筋の高架下に車を停め、ふらつく足で公衆電話ボックスに入った。血がしたたり落ちる。

「もしもし、牧尾か……」「どうだった、首尾は」「あかん、やられた」「何だって」「おれ、死ぬ」「落ちつけ。今、どこにいる」「豊崎……。新御堂の上り口を北へ百メートル」「すぐ行く。待ってろ」「な、出血がひどいんや」「分った。止血剤を持って行く」「おれ、車の中におる」「ベンツだな」「違う。タクシーや。いろは交通」「どういうことだ。佳苗は」「知らん、消えた。……早よう来てくれ」

佐伯はボックスを出た。這《は》うようにして車にたどり着き、シートに倒れ込んだ――。

「何や、おかしいな。その佐伯とかいうの、ほんまにヤクザかいな」私が訊《き》いた。

「茨木のクリーニング屋です。ぼくの幼な友達で、高校のころは少しグレていました」

「堅気のクリーニング屋が、どこで拳銃《けんじゅう》を手に入れた」

「モデルガンです。佳苗さんに、ベンツに乗って来るようにいったのも、佐伯を本物らしくみせるためだったんです」

「あの人、いつもは店の軽四輪に乗っているんですって」

佳苗の含み笑い。脚を組み、ソファに深くもたれかかったその姿勢はいかにも投げやりで、今はもうすべてを失ったと悟ったらしかった。

「タクシーを河川公園に乗り棄てたん、牧尾さんですな」

マメちゃんがいった。牧尾は悪びれもせず、

「ぼくは自分の車……ソアラなんですが、それに乗って豊崎へ行きました。佐伯はタクシーの中でうんうん唸《うな》っていた。彼をソアラに乗せ、傷口をみると、出血はひどいが、頭骨に損傷はなく、死ぬの生きるのというケガじゃなかった。で、とりあえず佐伯の止血処置をしたあと、ぼくはタクシーを運転して河川公園まで行った。スパナとモデルガ

ンは、途中、橋の上から淀川に投げ捨てました」

「河川公園から豊崎へは」

「歩いて戻りました」

「佐伯、どないなりました」

「この病院に連れて来て、ちゃんとした手当てをしました。全治一ヵ月、十五針縫いました。当直の看護師には、彼はぼくの友人で、車の事故でケガをした、警察沙汰《ざた》にはしたくないから、と口止めをしました。……佐伯のやつ、今はおとなしく家で寝ています。店は奥さんがやってくれているらしい」

「極道の真似して柴田を脅しにかかったんはええが、反対に殴られて大ケガした。……笑うてしまいますな。牧尾さん、あんたも男なら、そんな他人《ひと》任せにせんと、自分でテープを取り戻さなあかんがな」

「医者であるぼくが、パンチパーマをあてて脅し文句を並べたてるわけにもいかないでしょう」

「そういう尻拭《しりぬぐ》いだけは他人にさせようとする……根性腐ってまっせ」

私は口をはさんだ。牧尾は気分を害したふうもなく、

「この五日間、ぼくは生きた心地がしなかった。いつ刑事が現れるか、いつ柴田が逮捕されるか、そればかり気になって仕事が手につかなかった。身から出た錆《さび》とはいえ、今はこうなった方が良かったと、正直そう思います」と、平静な口調でいう。

「分りました。もう聞くことはない」

私は立ち上った。「あとで二、三人寄越すし、その指示に従うてもらえますか」

言い置いて、応接室を出た。


私とマメちゃんは病院をあとにした。歩きながら、

「大山鳴動してねずみ一匹。何のことはない、ただの傷害事件やないか」

「脅喝もありまっせ」

「いちばんのワルは柴田やな」

「あいつ、佐伯を殺してしもたと思たんですわ。あわてふためいて逃げよったんやけど、一夜明けたら、車は河川敷。佐伯の死体なんぞどこにもなく、あげくは自分が死んだことになってる。……ここはユーレイのままでいるべきやと、そう思たんですな」

「柴田のやつ、どこに隠れとるんや」

「さあ、どこやろ。膝《ひざ》小僧抱えて、眼をきょろつかせてますわ」

「しかし、いつまでもユーレイしとるわけにはいかんやろ。持ち逃げした金はたったの三万三千円やし、そろそろ切れるころや」

「けど、皮肉なもんですな。この事件にからんで得をしたやつ、誰もいてませんわ」

「柴田は刑務所行き、佐伯は殴られ損、佳苗は島畑家から放り出され、牧尾は病院を追われる。……どこか滑稽《こっけい》やな」

「上方漫才風ですわ」

――バス通り。阪急池田行きのバスを待つ。

「ね、黒さん」

マメちゃんは金つぼまなこをぐりぐりさせて、「自分でいうのも何やけど、ぼくら、めちゃんこ優秀な探偵さんですな。推理、洞察、決断、行動、どれをとっても超一流や」

「そんなこと、今さらいうまでもない。帳場へ帰って、このことを報告してみい。表彰状は間違いない」

「バテレン、眼をむきまっせ」

「黒マメの盛名がまた一段と高うなる」

「ああ、うずく。心がうずく。早よう帳場に錦《にしき》を飾りたい」

マメちゃんはさも得意げに胸を張る。

南淀川署、捜査本部。部屋に入った途端、

「こら、黒マメ、このくそ忙しいのに連絡もせんと、どこをほっつき歩いてた」

と、宮元。毛のない頭から湯気がたっている。

「あ、何や、班長」

マメちゃんは余裕綽々《しゃくしゃく》涼しい顔で、「報告があります」

「報告なんぞあとでええ、今すぐ箕面へ行け。百楽荘や」

百楽荘と聞いて胸が騒ぐ。私は不安を隠して、

「何かありましたか」

「あるもないも、ついさっき、柴田徳治を逮捕した」

「何ですて……」

「柴田は生きとったんや。昼すぎ、いろは交通の橋口に柴田から電話があって、金を都合せえとかいうたらしい。橋口はびっくりして警察に報《し》らせた」

「それで、それでどないしました」

「柴田は橋口に、京橋の喫茶店へ来いというた。トリさんが五人ほど連れて京橋へ行って、柴田をひっつかまえたんや」

「そしたら……」

「何と、あいつは脅喝をやってたんや、その相手は島畑佳苗いうて、――」

めまいがしてきた。膝の力が抜ける。

「おまえら、そのしょぼくれた顔は何や。わしの話、聞いとるんか」

「聞いてます。しっかり聞いてます。鼓膜が破れて、ついでに頭が破裂しそうです」

爪の垢《あか》、赤い

1

大正北署、二階会議室。私の隣に腰を下ろすなり、マメちゃんはたばこをくわえていった。

「しかし、どうもややこしいことになりそうですね」

「環状線の電車は一日中同じとこをぐるぐるまわっとる。時間も場所も見当がつかん」

「目撃者は期待できませんな」

「ま、無理やろな。客が網棚にものを置いたところで何の不審なようすもない」

「こいつは遺失物やろか。それとも故意に放置したと考えるべきやろか」

「血のしたたる人間の指を網棚に置き忘れる間抜けがどこの世界におる」

「けど黒さん、死体の指を切り取るという行為は、常識的には被害者《ガイシャ》の身許《みもと》を隠すためでっせ。にもかかわらず、犯人はその指紋のある十本の指を網棚に放置した。まるで発見してくれといわんばかりですがな」

「ほな何かい、マメちゃんは犯人が指を忘れよったと読むんかい」

「いや、そこまでは……。ただ、どっちにしても、もひとつしっくりせんのです」

――きのう、十一月五日、午後十一時十分、JR環状線大正駅で、電車から降りた乗客がホームにいた駅員に、忘れ物らしいといって、少し膨らんだ薄茶色の大型封筒を届け出た。駅員は客の名前と住所をメモしたあと、受け取った封筒を事務室に持って行き、助役と二人でホッチキスどめの封を切った。中にはもう一枚の半分に折った封筒が収まっていて、取り出して開いたところ、セロハンテープでぐるぐる巻きにされた黒いポリ袋が現れた。触れてみると、ポリ袋の中身は少し弾力のあるウインナソーセージのようなものらしい。食料品なら冷蔵庫に保管するつもりで、駅員は袋の一部を切った。爪、皮膚、血、それが人間の手指だと知った瞬間、駅員はポリ袋を床に投げ出した。

午後五時五分前、班長の宮元と係長の服部が部屋に入って来た。大正北署の刑事課長もいっしょだ。三人並んで奥の窓際に坐《すわ》り、

「剖検と鑑識の結果が出た」

服部が発言する。「予想どおり、指は死後切断や。切り口に生活反応はなく、死後半日くらい経過してから切り取ったらしい。道具はワイヤーカッターのような刃先の鈍いもの。十本とも第一関節と第二関節の間を挟み切ってる。被害者の死亡推定日時は、十一月二日の午後から三日の午後。死因は不明。被害者は四十ないし六十歳の男性で、かなり肥満。血液型はB。指はどれも比較的きれいで傷痕《きずあと》等なく、事務的な職業に就いてたと思料される」

「身許はまだですな」

大正北署の捜査員が訊《き》いた。

「指紋を警察庁に照会した。該当者なし。前科《マエ》はないようや」

「遺留品はどないです」

「A４判のハトロン紙製封筒が二枚、黒のポリエチレン製ごみ袋が一枚、それと幅十五ミリ、長さ一メートル程度のセロハンテープ。以上四点から計三人分の指紋を採取した。……大正駅の助役と駅員、封筒を届け出た会社員や。会社員の名前は田中久信《ひさのぶ》。三十二歳。大正区鶴町の市営住宅から吹田市江坂の生保会社に通うてる」

「封筒はいつから棚の上にあったんでっしゃろな」

「難しいとこやな。その車輛《しゃりょう》は午前五時十五分の大阪駅始発で、午後十一時までに環状線を二十周以上まわってる。その間、乗務員の乗り継ぎ交代は三回あったわけやが、どの乗務員も封筒のことは記憶してへん。むろん、朝の仕業点検時には、そういう遺失物、不審物はなかった。……つまるところ、いつ、どの駅で、どんなやつが指を網棚に置いたんか、推測のしようもないと、そういうこっちゃな」

「ね、黒さん」

顔を近づけて、マメちゃんが話しかけてくる。

「これ、込みのかけようがおませんな」

込みをかける、とは訊き込みをすることをいう。

「ぼくら、いったいどういう捜査をしたらええんやろ」

「とりあえずは遺留品やろな」

「A4の封筒やポリエチレンのごみ袋なんぞ、どこでも売ってまっせ」

「かというて、他に手がかりはない」

「無駄足ばっかり踏みそうですね」

「人生、無駄の中にこそ真理がある」

「ほう、これはまた高邁《こうまい》かつ含蓄のあるお言葉で」

「低俗、下劣だけでは頭がショートする」

「ちょっと、そこ」

宮元がこちらを指さした。無精ひげの二重あごを突き出して、「何ぞ質問か」

「いや、別に」と、私。

「ほな、黙っとれ」

宮元はテーブルに両手をついて立ち上った。部屋の全員を威圧するようにゆっくり見まわして、「以上、報告したように、指は死後切断であると断定された。で、これを殺人事件とし、宮元班が捜査にあたることとなった。帳場はここ大正北署に置く」

――帳場とは捜査本部のことをいう。捜査一課長や刑事部長の意を受けて、府警本部長が設置するのである。

大阪府警捜査一課には十班があり、このうち、強盗事件班、火災専門班、特殊捜査班を除くあとの七個班が殺人事件を担当する。各班は警部を長とし、その下に警部補が一人ないし二人、あとは巡査部長、巡査長八、九人の計十人から十二人編成となっている。班は事件発生と同時に、その発生地を管轄とする警察署に派遣され、事件が警察の規定でいう「本部長直接指揮事件」となれば、そこに帳場が設置されて、部屋と電話が貸与される。また、署から十人ないし二十人の応援捜査員をもらえる――。

「これからの捜査方針をいう。犯人が死体を損壊した目的は、その身許を隠蔽《いんぺい》することにあると思料される。したがって、捜査の第一は被害者の身許を割り、遺体を発見すること。保護捜索願のリストをもとに、身体的特徴、年齢、血液型の合致している人物の調査を進める。そして、ふたつめは目撃者探し。犯人によって封筒が置かれた場所と時間を絞り込む。また、遺留品に関してはその出処を洗う。……と、以上。何ぞ意見は」

誰も発言しない。現時点で、これ以上の捜査方法は考えつかない。

宮元はコホンとひとつ空咳《からせき》をして、

「改めて確認するまでもないが、今事件は例のない特異なものであり、報道関係からは相当センセーショナルな扱いを受けると予想される。大阪府警の威信を発露する格好の機会でもあるから、不断の努力をもって捜査に邁進するよう希望する」

最後を管理職らしい紋切り型の発言で締めくくって折りたたみ椅子に腰かけた時、鑑識捜査員が部屋に入って来て、服部にメモを渡した。

一読した服部は、

「ええ報《し》らせや。指の爪の間……右の人さし指と中指、左拇指《ぼし》の爪の間に血液反応があった。型は被害者と異なるA型や」

被害者は死の直前、何者かと争ったようだ。爪の間の血はおそらく犯人のものだ。

「それともうひとつ。被害者の血中からアルコールが検出された。濃度は〇・二パーセント、『軽酔』といった程度やな。つまり、酔うたあげくのけんかにより殺された可能性も生じたわけや」

「あほくさ、そんなことあるわけない」

マメちゃんが低く呟《つぶや》いた。「偶発的なストリートファイトなら、死後半日も経ってから隠蔽工作なんぞするはずがない。ね、黒さん」

「意見があるなら、ちゃんと手を上げて発表せんかい」

「ぼく、そういう優等生行為は慎むようにしてるんです」

「なるほど、それが劣等生の精神構造か」

「いわば矜持《きょうじ》ですな、矜持」

「何や、そのキョージたらいうのは」

「自負、誇り、そういった意味です」

「ほな、初めからそういわんかい」

「こら、そこの黒マメ、ええ加減にせんかい」

宮元の叱声《しっせい》が飛んだ。

「黒マメとは何です。失礼な。所轄の刑事《デカ》も聞いてるのに」

「おまえがごちゃごちゃ喋《しゃべ》るからや」

午後七時二十分、バスを降りて市営鶴町第二団地に向かう道すがら、マメちゃんはまだぷりぷりしている。

「あれですわ、第二団地」

マメちゃんの足が止まった。バス通りの向こう、夾竹桃《きょうちくとう》の生垣越しに、こぢんまりした七階建の白っぽい建物が二棟並んでいる。手前が目指す一号棟らしい。

階段で三階へ上った。三〇五号室、「田中久信」の表札を確認してインターホンのボタンを押すと、田中本人が出て来て、私とマメちゃんを玄関横の和室に案内してくれた。四畳半の畳の上にカーペットが敷かれ、窓際に積まれた段ボール箱から赤やピンクのおもちゃが溢《あふ》れ出ている。

「お子さん、おいくつですか」マメちゃんが訊いた。

「三歳の女の子です」

と、田中。帰宅したばかりなのだろう、糊《のり》の効いたワイシャツにグレーのカーディガンをはおっている。

「かわいい盛りですね」

「けっこう、やんちゃでね」

「うちも女の子で、もうすぐ二つなんですわ。いつの間にやら大きくなって、——」

また始まった。マメちゃんは相手かまわず娘の話をする。他人の娘などどこがかわい

い。私はマメちゃんの娘を何度も見ているが、かわいそうに彼女は父親似だ。できれば

幼児のままで一生を送らせてやりたい。

「早速やけど田中さん」

私はマメちゃんの饒舌《じようぜつ》を遮った。「封筒を見つけはった時の状況、もういっぺん詳し

くお願いしますわ」

「はい、分りました」

田中は落ち着いた口調で話し始めた。

——田中が乗ったのは二十二時五十八分、大阪発の環状内まわり電車だった。発車後、

ふと上の網棚を見ると、薄茶色の大型封筒が載っている。車内はかなり空《す》いており、誰

のものかなと周囲を見まわしたが、それらしい客はいない。忘れ物だろうと思った田中

は、念のため大正駅に着く前に封筒を網棚から下ろした。車内の客は誰も自分のものだ

と声をかけなかった。降車後、田中はホームにいた駅員にわけを話し、封筒を預けた—

—。

「大阪駅から大正駅までの車中、何か気づいたことありましたか」

「と、おっしゃるのは」

「例えば、挙動のおかしい客がおったとか、駅員に封筒渡すところを観察してる人物が

「記憶にないですね、まったく」

「田中さんが大阪駅で乗車する前から、封筒は網棚の上にあったんですね」

「それはそうでしょうね。置くところを見たわけじゃないから」

「いつも、その時間帯の電車に乗るんですか」

「いえ、きのうはちょっと飲んだものですから」

「乗客の中に顔見知りは」

「いませんでしたね、残念ながら」

田中の話に新たな手がかりはなかった。

2

——十一月七日、朝、帳場に入った途端、

「おう黒さん、池田へ飛んでくれ」

服部に声をかけられた。「ついさっき池田署から警電が入ったんや。赤沢《あかざわ》いう主婦から、あの指はうちの主人のやないかという問い合わせや」

「その、主人というのは」

「赤沢宣良《のぶよし》、商事会社の社長や。二日の夕方から行方が知れん」

「了解、行ってみますわ」

服部から住所と電話番号を書いたメモを受け取って踵《きびす》を返したところへ、マメちゃんが顔を出した。

「さ、お出かけやぞ」

「どこへ」

「池田や」

「ほな、梅田から阪急ですね」

反応が早い。

――宝塚線石橋駅の改札を出て西へ歩いた。市民会館を過ぎて、国道一七一号線バイパスを一筋北へ入ったところが荘園《そうえん》一丁目だった。附近は旧《ふる》い住宅街らしく、濃い緑の中に百坪、二百坪の住宅がゆったり建ち並んでいる。中でも赤沢邸は、塀も母屋もすべて白磁タイルを張りつめた、ひときわ豪奢《ごうしゃ》な南欧風の邸《やしき》だった。

「黒さん、こいつはどうも違いまっせ。こんな金持ちが殺されて指を切り取られるやて、イメージが合いませんわ」

マメちゃんのいうとおり、私にもそんな印象がある。犯罪のにおいがしないのだ。

「予断は禁物。さっさとお仕事済ませて蕎麦《そば》でも食お」

インターホンのボタンを押しながら上に眼をやると、庇《ひさし》の下にビデオカメラがあった。

「はい、仕事の都合で家を空けることは月に一、二へんあります。でも、連絡がないのは今回が初めてです」

赤沢佐智枝《さちえ》は膝《ひざ》の上に組んだ手を開いたり閉じたりしながら、ぽつりぽつりと話す。ゆるくウェーブさせた長い髪、あわいブルーのファッショングラス、オレンジ系の口紅、一見したところ四十そこそこという感じだが、眼尻《めじり》や口許《くちもと》の皺《しわ》とあごのたるみ具合を見れば、五十代とも思える。近ごろはこういった年齢不詳のご婦人が多い。

「ご主人、おいくつです」

「四十八です」

「会社はどこですか」

「浪速区恵美須《えびす》町です。日幸ビルというところに事務所があります。会社の方にも主人からは連絡がないそうです」

「奥さん、あの指がご主人かな、と思いはったんは」

「何となくそんな気がするんです。ニュースでは四十歳から六十歳の肥満気味の男性やということで、血液型もB。これ、みんな主人にあてはまります」

赤沢宣良は身長百六十五センチで、体重八十キロだという。赤沢商事は手形の割引と事業資金の貸付を主な業務とし、それを社長の赤沢がひとりで切りまわしている。従業員は停年再就職の塩見《しおみ》という経理担当者がひとりだけで、仕事の詳しい内容は赤沢しか知らないだろうと佐智枝はいった。

「仕事の性格上、いろいろとトラブルもあるんでしょうね」マメちゃんが口をはさんだ。

「ええ、私もそれが心配で……」

「失礼ですが、ご主人、暴力団関係者とのつきあいなんかは」

「……それは、私には分りません」

佐智枝は口を濁す。私は赤沢と暴力団の関係を確信し、これはどうやら本線に近いと思い始めていた。

「ご主人が立ち寄りそうなところに心あたりはありませんか」と、私。

「さあ、どうも……」

「ご主人、会社へは電車で通うてはるんですか」

「いえ、車です」

「ほな、その車は」

「主人が乗って出たままです」

「車種と色は」

「黒のセンチュリーです」

「ナンバーを教えて下さい」

私は内ポケットからメモ帳とボールペンを抜き出した。

私とマメちゃんは佐智枝から、赤沢の指紋が付着していると思われるヘアトニックの空瓶、雑誌、ティーカップを預り、彼女を同道して大正北署へ戻った。指紋照合を待つ間、佐智枝を三階踊り場の長椅子に坐《すわ》らせて、インスタントコーヒーを飲みながら話を聞く。佐智枝も打ち解けたようで、少しずつ表情が和らいできた。

「へえ、あの広い家に二人だけなんですか」

「息子がいるんですけど、仕事の関係で神戸に住んでます」

「会社を継いだりせんのですか」

「いずれ、そうなるとは思います」

「羨《うらや》ましいもんですね。ぼくら継ぐべき仕事もないし、一生この稼業ですわ。退職金で小さいマンションの一部屋でも買うたら、それでチョンですがな」

マメちゃんは千里ニュータウンの公団住宅に住んでいる。五万八千円の家賃が来期は五パーセント上るそうで、また小遣いが減るとこぼしてばかりいる。こういう貧窮生活者を間近に観察している独身の私としては、何がどうあろうと結婚などするまいと思ってしまう。これは決して負け惜しみではない。

「ちなみに荘園のあたり、坪いくらくらいするんですか」

何につけ値段を聞くのがマメちゃんの癖だ。

「三百万円はするでしょうね」

「お家《うち》の敷地は」

「三百五十坪ですか」

「ほな、土地だけで十億。ああ怖い、怖い」
——と、そこへ、鑑識係主任が階段を上って来た。私を手招きし、耳許で、
「結果が出た。被害者は赤沢宣良や」
「そうでっか、やっぱりそうでしたか……」
私は眉《まゆ》をひそめて考える。——はてさて、この事実を佐智枝にどう切り出すんや。

JR環状線で大正から新今宮、駅を出て南海本線の高架沿いを北へ歩く。五百メートルほど行って、国道二五号線の少し手前に日幸ビルはあった。戦後すぐ建てられたような古めかしい煉瓦《れんが》積み、玄関まわりにだけ御影石《みかげいし》をあしらっている。当初は立派な建造物だったのだろうが、今はすすけ、色褪《いろあ》せて、見る影もない。これなら家賃は安いだろう。

赤沢商事は一階の東奥だった。黒いニス塗りのドアをノックすると、すぐに開いて小柄な初老の男が顔を出した。

塩見益生《ますお》は私とマメちゃんを応接室に招じ入れ、ソファに腰を下ろした。濃紺の三つ揃い、半白の髪をきっちり七三に分け、細いモスグリーンのネクタイを真珠のタイピンでとめているのは、いかにも実直な経理マンといった印象だ。実際、塩見は相互銀行を四十年勤めあげたという。

「いや驚きました。あの事件の被害者が、まさか社長でしたとはね。……仕事が手につ

きません」

「無理もおません。殺人事件てなもん、そうそう身近にあったら物騒でしゃあない」

マメちゃんが同意する。

「それで、何からお話ししたら……」

「まずは、赤沢さんの二日の行動ですわ」

「朝の十時ごろでしたか、事務所へ顔を出して、新聞読んだり、電話をしたあと、食事に出て、――」

昼食後、融資依頼の客が二組来た。赤沢は応接室で応待し、客が帰ったあと、四時すぎに事務所を出た。行先は聞いていない。赤沢の行動はいつもこの調子で、午前の二時間と午後の二時間しか会社にいない。外出先を塩見に伝えることはまれで、赤沢との連絡はポケットベルを利用する。一度、自動車電話を設置するよう提案したら、街中どこにでも公衆電話がある、と言下に否定された。赤沢の経営感覚は保守的で、無駄な出費を極端に嫌う。

「私、ここにお世話になってまだ半年なんです。仕事の内容は、社長から渡されるメモや書類を指示されたとおり帳簿にまとめるだけ。だから、社長がどこでどんな営業活動をしているのか詳しいことは存じません。ま、社長はほとんど社にいないし、私はマイペースでいわれたことだけしてればいいんだから、これほど気楽なことはないともいえますがね」

塩見は自嘲《じちょう》するようにいう。

「けど、商売の概要は知ってはるんでしょ。つまり、手形の割引とか、事業資金の短期融資とか」

「それは、もちろんです。しかし、割引といっても、何パーセントで割るとか、融資額をいくらにするとか、担保をどう設定するとか、そういう肝腎《かんじん》なところはすべて社長の一存です」

「客はどういうルートで確保するんですか」

「主に業者間の紹介ですね。うちは小口金融じゃないから、フリの客はほとんどいません」

「人相のわるい連中が出入りすることもあるんでしょうな」

「それは、たまには……」

塩見は視線を落として、「貸した金は返済してもらわなきゃなりませんから」

「最近の景気はどないです」

「ま、順調でしょう」

話が横道に逸《そ》れている。

「もういっぺん訊《き》きます」

私がいった。「二日の四時すぎに会社を出た赤沢さんの立ち寄り先に、心あたりはないですか」

「さあ、そうですね……。集金に行ったんじゃないでしょうか」

「集金……」

「十月末の返済遅延が数件ありました」

「そいつはよろしいな。あとでリストを下さい」

「コピーしましょう」

塩見は小さくうなずいて、「あ、そうそう、あの日、六時前だったか、社長から電話が入りました」

「電話の内容は」

「東洋物産という取引先の口座番号を調べてくれというものでした。その時、テレビの音が聞こえたので、社長は女のところから電話をしているんだと思いました」

「女というのは」

「たぶん水商売でしょう。時々、馴《な》れなれしい口調で電話がかかってくるから」

「赤沢さんが女のとこにおったというその根拠は」

「男のカンですよ。社長が外出先を告げないのは、知られてまずいところに出かけているからです」

なるほど、一理ある。

「で、女の名前なんかは」

「ノリタケとかいいましたね。知っているのはそれだけです」

珍しい名前だ。本名ならたぐり寄せられるかもしれない。

「その六時の電話以降、赤沢さんとの連絡はないんですね」

「はい、そうです」

「赤沢さん、多額の現金を持ち歩いたりはせんのですか」

「いつも二、三百万円のキャッシュを内ポケットに入れてましたね」

「ほな、二日の夕方も」

「ええ、そのはずです」

金めあての犯行という線も出て来た。

「話は変わるけど、赤沢さん、誰かに恨まれてるとか、揉《も》めごとを抱えてるとか、そんなことはありましたか」

「それはあったでしょうね。仕事が仕事だから」

「例えば、どんな……」

「つい一週間前にも、ちんぴらが二人、やって来ましたよ」

塩見はふっとひと息ついて、「用件は地上げです。ちょうど一年前に太田興業という不動産業者がこのビルを買い取ったんです」

そういえば、エントランスホールの集合案内板は半分以上のプレートが抜き取られていた。

「で、赤沢さんはどういう対処を」

「聞く耳持たず。大声でどなりつけたら、ちんぴらはあっさり引き下りました」

「立ち退き料ですか、赤沢さんの狙いは」

「それしかないでしょう。こんな商売、どこでもできます」

「こんなこというたら何やけど、塩見さん、赤沢さんのこと、煙たかったみたいですな」

「上司が好きな平社員なんて、どこにいますかね」

塩見は今までにない強い口ぶりでそういい、すぐに表情を和らげて、「しかし困りましたね。また就職口を探さなきゃいけない」

3

日幸ビルを出た。新今宮駅へは戻らず、南海本線の高架沿いに北へ向かう。十分歩いて、大阪球場の東側に出た。

「もうすぐ取り壊しですね」

照明灯を仰ぎ見ながら、マメちゃんがいう。

「しゃあない。泣く子と時勢には勝てん」

「何ぞいえば再開発。どいつもこいつも効率よう金儲《かねもう》けすることしか頭にない」

マメちゃんは熱烈な南海ホークスファンだった。

「ダイエーの応援したらんかい」

「大阪人が福岡の応援してどないしますねん」

「人間、愛着というもんがあるやろ」

「去る者は日々に疎し。寝返った遊女に未練はおません」

——なんばシティ、イタリアンレストランの店前を通りかかった。

「スパゲッチでも食うか」

「食いまひょ」

中に入った。白い合成タイルの壁と床、ガラステーブルとオレンジ色のスタッキングチェアを等分に配した簡素なインテリアの店内はほぼ満席で、どのテーブルも若い男と女の二人連れだ。私たちは奥のトイレの横に席をとった。

ウェイトレスが来た。私はあさり、マメちゃんは明太子《めんたいこ》のスパゲティーを注文した。

「ビール、飲みましょか」

「勤務中やで」

「誰が見てます」

マメちゃんはもう一度、ウェイトレスを手招きした。

——あさりのスパゲティーは最低だった。まだ芯《しん》の残るごわごわの麺《めん》に殻つきのあさりがたった九つのっているだけ。そのうち二つは殻だけで中身がなかった。これで八百八十円では食い倒れ大阪の名がすたる。

「客を舐《な》めとるな、え」

「こういう店こそ、福岡へ追放すべきです」

マメちゃんのスパゲティーもひどかったらしい。レジで金を払ったら、三パーセントの消費税を請求され、腹立ちまぎれにマッチを五つポケットに入れてやった。

イタリアンレストランを出て、口直しに近くのコーヒー専門店に入った。コロンビアとモカを待つ間、メモ帳に「ノリタケ」の字を書いてみる。常識的には「乗竹」、「乗武」、「則竹」、「則武」だろう。マメちゃんが「法竹」と「法武」を追加する。

「しかし、こんなややこしいことせんと、赤沢の奥さんに聞いたらどないですの」

「それは最後の手段や。奥さん、だんなに女がおると知ってるかどうか分らんし、それに第一、塩見のカンが正しいとは限らん」

「なるほど、それもそうですね」

コロンビアとモカが来た。まずくはなかった。

――なんばシティから地下街へ抜けた。午後四時半、そろそろラッシュアワーにさしかかっている。人波を縫うようにして、虹《にじ》のまちへ。水の広場のNTTサービスセンターに入った。ここには全国の電話帳がある。

私とマメちゃんは手分けして、大阪北部、西部、東部、中央と府下各地域の電話帳を調べた。乗竹、乗武、法竹、法武は一名もなく、則竹が計二十三名と、則武が計六十四名あった。そのうち、大阪市内で女性は十二名、赤沢の事務所に近い浪速区、南区、天王寺区あたりから電話をかけていく。

――そして、七人め。

「則竹昌代《のりたけまさよ》さんのお宅ですか」

「はい、そうです」

若い女の声だ。

「ぶしつけなことを聞きますが、赤沢宣良という人を……」

「え……」

息をのむような声、当りだ。隣で電話中のマメちゃんに目くばせする。

「私、府警の黒木と申します。赤沢さんが殺されたこと、ご存知ですね」

「え、ええ……」

「これから、お宅へうかがいます。いいですね」たたみかける。

どうぞ、待ってます、則竹昌代は少し不服そうにいった。

「そう、あの人がここへ来たの、夕方の五時ごろでした。ビールを一本飲んで、七時前に出て行きました」

「赤沢さん、どこへ行くというてました」

「西区の九条。……集金せんならん、とかいって」

「東洋物産とはいうてませんでしたか」

「聞いてません」

「すんません、ちょっと電話貸して下さい」

マメちゃんが立ち上って隣の部屋へ行く。塩見に西区九条の取引先を聞くためだ。

福島区玉川のマンション、グリーンハイツ、2DKのこざっぱりした部屋に則竹昌代は住んでいる。マンションは赤沢が借りたもので、毎月の家賃も彼が払っていた。

昌代の年齢《とし》は二十六。眉《まゆ》と睫《まつげ》の濃い、眼鼻だちのくっきりした顔立ちで、私の好みではないが、ま、美人である。ミナミのクラブ、『マスカレード』に勤めていて、栗色の髪をきれいにセットしているのは、出勤の直前に私からの電話がかかったからだという。

「赤沢さんとのつきあいは長いんですか」

「そろそろ二年になるかな。お店で知り合うたんです」

「赤沢さんが殺されたと知ってて、店に出るつもりやったんですか」

「こんなとこにじっとしてても仕方ないでしょ」

昌代は小さく口を尖《とが》らせる。「ここにはあの人の服や身のまわりのもんがたくさんあるし、何となく気持ちわるいんです。お店に出てたら気が紛れるし、しばらくは友達のとこに泊めてもらうつもりでした」

「その方がええかもしれませんな。赤沢さん、殺されたんやし、万が一ということもありますから」

私はたばこを揉み消して、「立ち入ったこと聞くようですけど、則竹さんのこと、赤沢さんの奥さんは」

「たぶん、知らへんのと違いますか」

昌代は曖昧《あいまい》に答えたが、これは言葉どおりには受け取れない。勤めて半年の従業員の塩見でさえ勘づいていたことを、妻の佐智枝が気づいていないとは考えにくい。

「どうせあの人との仲はこれで終りやし、奥さんのことなんか、ね……」

「今さらばれたところで、どうということないと、そういうことですな」

私は言葉を継ぎ、「赤沢さん、最近、商売上のトラブルがあるとか、誰かに恨まれてるとか、そんなようすはなかったですか」

塩見に訊《き》いたのと同じ質問をする。昌代は首をひねって、心あたりはないと答えた。赤沢は仕事の話はいっさいしなかったともいう。

「則竹さん、血液型は」

「Aですけど、それが何か」

「いや、別に……」

赤沢の指の爪の間にA型の血が付着していたことは、報道関係には伏せている。

マメちゃんが戻って来た。指でＯＫの合図をする。私は昌代の方に向き直り、

「きょうはどうも、突然押しかけたりしてすんませんでした。泊まるとこが決まったら、必ずここに連絡して下さい」

名刺の裏に帳場の電話番号を書いて手渡した。一礼して腰を上げると、

「刑事さん」

「何です」

「あの人、ほんまに死んだんですか」

「ええ、間違いありません」

「そうですか……」

昌代は長いためいきをついた。

グリーンハイツをあとにした。日はとっぷりと暮れ、パチンコ店の派手なネオンがきわだっている。

「塩見に聞きました。九条の取引先は三件で、うち一件の返済が遅れてるそうです」

「それは」

「丸英金属工業いうネジ屋です」

「昌代のいうたこと、ほんまやな。……赤沢は二日の午後七時にマンションを出たんや」

「丸英に行きましょ」

「よっしゃ、行こ」

思いもかけぬ急展開に、足にはずみがつく。

西区九条は鋼材の街だ。地下鉄中央線の九条駅を中心にした半径五百メートルの地域に鋼管、鋼板、金物などの卸問屋、加工場がひしめきあっている。二間、三間間口の小さな町工場はどこもまだ明かりが点《つ》いていて、残業に精を出す従業員の仕事ぶりが通りから見通せる。

「みなさん、働いてますな」

妙に感慨のこもった口調でマメちゃんはいう。

「そういうわしらも働いとるやないか」

「労働は貴い。ね、黒さん」

「おまえ、頭は大丈夫か。ネジ、外れかけてへんか」

「あーあ、早よう帰って風呂《ふろ》に入りたい。鍋《なべ》をつつきながら熱燗《あつかん》を飲《や》りたい」

――九条三丁目、金泉寺という寺の脇の路地を入った奥に丸英金属工業はあった。十五坪ほどのしもた屋の一階をコンクリートの土間に、二階を倉庫にした典型的な町工場だった。後で知ったがシナイ盤という工作機械の前に腰を据えて、グレーの作業服の男がひとりでネジを切っていた。

こんばんは、お仕事中すんません、私の声に振りかえった男は少し驚いたような顔で小さく頭を下げた。

4

――十一月八日、午前十時、宮元は全捜査員を帳場に招集した。人いきれとたばこのけむりで狭い室内はひどく息苦しい。

「まず、今までに判明した被害者の動きと全体の経過をまとめてみよ」

宮元の指示で服部が立ち上った。厚手のノートを開きながら黒板の前に進み出て、チョークを摘《つま》み上げる。

〈十一月二日〉

▼AM9・00　池田市荘園一丁目の自宅を出る。（トヨタ・センチュリー。ナンバー、大阪33－51××）

▼AM10・20　赤沢商事、着。（浪速区恵美須町、日幸ビル）

▼PM4・10　赤沢商事を出る。

▼PM5・00　則竹昌代宅（福島区玉川、グリーンハイツ）を訪れる。

▼PM5・55　昌代宅から会社にTEL。

▼PM6・55　昌代宅を出る。

▼PM7・25　丸英金属工業（西区九条三丁目）に現れる。

▼PM8・00　丸英金属工業を出る。以後消息不明。（死亡推定日時、十一月二日午

後～三日午後〉

〈十一月五日〉

▼PM11・10　赤沢宣良の手指を発見。（血中アルコール濃度、0・2パーセント。爪の間にA型の血液反応）

「と、こういうこっちゃ。補足事項はあるか」

チョークの粉を払いながら服部が訊く。声がないのを確認して、宮元の隣に腰を下ろした。

宮元が口を開く。

「ここでいちばん重要なんは、その丸英や。黒さん、説明してくれ」

早速の指名に私は少し緊張した。坐《すわ》ったままで発言する。

「有限会社丸英金属工業は建築金物のネジを加工してます。経営者は丸田茂夫《まるたしげお》、三十八歳で、他に先代からの従業員が二人いてます。赤沢が二日の夜、七時二十五分に工場へ来たことは、その従業員から裏を取りました。丸田茂夫は、――」

赤沢商事から六百五十万円を借りているほか、銀行、信用金庫、市中金融会社等に、合計三千八百万円相当の債務がある。工場の敷地六十五平米は借地で、建物はこれら借入金の抵当になっている。丸英の年商は三千二百万円。多額の借入れは二年前に主要取引先が倒産したためで、この債権は十パーセントが返済されただけだった。丸田茂夫には妻と小学校三年生の娘がいて、自宅は工場から南へ二百メートル離れた富士ハイツという賃貸マンションの三階にある。

「丸田はその取引先の倒産整理を仕切った港区の暴力団幹部から赤沢を紹介されたんです。お定《き》まりの出来レースというやつですわ」

「赤沢の最後の姿を見たんは丸田茂夫と二人の従業員というわけですな」

後ろから質問。私は振りかえって、

「従業員二人は赤沢の来た十分後に、表のシャッターを閉めて帰宅してます」

「ほな、それからは工場に丸田と赤沢の二人きり……」

「そういうことです」

「赤沢の用件は」

「返済金の催促です。丸田はとりあえず八万円を渡して、残りの十五万を十一月分の返済に繰り入れてくれと頼んだそうです。さんざっぱら嫌味をいわれた末に、了解してもろたというてます」

「で、赤沢は黙って工場を出て行った。……もひとつ信憑性《しんぴょうせい》のない話やで」

主任の川端《かわばた》がいつものぞんざいな口調でいった。

「赤沢はセンチュリーをどこに駐《と》めとったんや」

「丸田は知らんというてました」

「怪しいもんやで」

「怪しいついでにひとついいますと、丸田は唇が切れてます。下唇に小豆《あずき》大のかさぶたがあるんです」

ほう——と、低いざわめきが広がった。私は充分な手応《てごた》えを感じつつ、

「ちなみに、丸田の血液型はAです。……何かの拍子で赤沢と丸田は格闘になり、その結果、赤沢の指の爪の間にA型の血が染み込んだと考えることもできるんやないでしょうか」

「その唇の傷、丸田はどないいうとるんや、え」と、川端。

「ネジの材料を運んでて、機械のハンドルにぶつかったそうです」

「とってつけたような理由やな」

「おもしろいことに、その怪我をしたんは赤沢の帰ったすぐあとやというてます」

「で、そのあとの丸田の行動は」

「工場から五百メートルほど行った九条南二丁目のスナックに顔を出してます」

——中央大通から一筋南へ入った商店街の外れにあるスナック『チャム』。ママとホステスによると、丸田は午後九時十分ごろ店に現れて、十一時までカウンターに腰を据えていた。丸田は沈んだようすでほとんど口をきかず、バーボンの水割りを七、八杯飲んだ。下唇が腫《は》れ、血が滲《にじ》んでいるので、ママがそのことを訊《たず》ねると、ただ笑っているだけだった。丸田は週に一、二度、店に来る常連客で、金の払いはいい。酒癖もわるくない——。

「赤沢が工場を出たんが午後八時、丸田がチャムへ行ったんが九時十分。その間の約一

時間、丸田は何をしてたんや」

「残業をしてたというてます。返済のことで口汚くなじられたんが思い出すたび癪《しゃく》にさわる。むしゃくしゃするんで、仕事を切り上げてチャムへ行ったそうです」

「これまた、ええ加減な話やな。ほんまは死体の始末でもしとったんと違うんかい」

「翌日の十一月三日は祭日です。工場は休みやから、死体を遺棄したとも考えられます」

「丸田は八万円を渡した時に赤沢の札入れを見たはずや」

服部はいった。「札束に眼がくらんだということもあり得る」

「丸英金属工業の捜索令状を取りましょ」

川端がいった。宮元に向かって、「丸田の心証はクロです。工場を捜索したら、きっと赤沢の血痕《けっこん》が出ます」

「その前に丸田を任同した方がええ」

と、服部。任同とは任意同行のことだ。

「調べ室に放り込んで責めたてたら吐きよるで」

「待て、ちょっと待て」

低い声で服部と川端を制したのは宮元だった。「丸田を引くのはいつでもできる。令状も取れる。ことを急ぐ前に、赤沢の身辺捜査と遺留品捜査をつめないかん」

指を入れていた黒のポリ袋、Ａ４の封筒、セロハンテープの出処はまだ割れていない。

そのどれもがまだ製造元さえ判明していないのだ。また、環状線での目撃通報もない。

「川やんは引き続き、市中金融業者をあたってくれ。トリさんは四課の協力を仰いで、赤沢商事とマル暴のつながりを、――」

宮元は次々に指示して間然するところがない。


京阪《けいはん》大和田駅を降りて、曲がりくねった一方通行の道を十五分南へ歩いた。門真《かどま》市大橋町、附近は二軒、四軒長屋の建売住宅が密集していて、四、五歳の幼児が目立って多い。車の往き交う隙を見はからって道路に絵を描き、駄菓子屋の店前に集まってテレビゲームをしている。

「天真爛漫《らんまん》、子供はよろしいな。今は懐しい下町の情景ですわ」

「テレビゲームが気に入らん。創造性のかけらもない」

「時代ですわ、時代。コマをまわしたり、ビー玉ころがしてる悠長な時代やないんです」

「子供はすべからく博奕《ばくち》をせないかん。ビー玉、べったん、取ったり取られたり、泣いたり泣かしたりの積み重ねが将来の競争社会に役立つんや」

「博奕のどこに創造性がありますー」

「おっ、ここや。赤沢商店」

路地の突きあたり、段ボール工場の手前のたばこ屋がそれだった。二階部分を蔽《おお》う赤いテントに赤沢たばこ店と白く染め抜かれている。

こんにちは、ガラス戸を引いて中に入った。奥から黒のスウェットスーツを着た中年の男が顔をのぞかせた。

「さっき電話しました府警の……」

「堅苦しい挨拶《あいさつ》はよろしいわ」

赤沢忠《ただし》は手を振り、「ここは狭い」

私とマメちゃんを誘って外へ出た。路地の入口角の喫茶店に入る。

「何でもいいまっせ。遠慮のう訊《き》いて下さい」

赤沢忠はたばこを吸いつけた。半白の髪、窪《くぼ》んだ眼、そげた頬、下の前歯が二本欠けている。

「ただし、兄貴とはここ半年ほど行き来がなかったさかい、つい最近のことは分りまへんで」

「赤沢さん、二人兄弟でしたね」

「そう。二つ違いの実の兄弟やというのに、これだけ暮しぶりが違いますねん」

「はあ……」答えようがない。

「兄貴の羽振りが良うなったんは、二十五の時に今度のよめはんと結婚したからですわ。そのころ佐智枝はミナミで小さいスタンドバーをやってて、そのバーを売った金を元手にして、兄貴は商売を始めたんです」

「今度のよめはんというと……」

「先妻は克美《かつみ》いうて、今は島根にいてますわ。給食屋のパートしてるとか聞きましたな」

——赤沢と克美の間に子供はない。赤沢は離婚後、克美に少額の慰謝料を送っていたが、それも一、二年で滞りがちになり、その相談の電話が当時、克美から忠に何度もかかってきたという。

「兄貴相手では埒《らち》があかんとみて、わしに催促してくれというんやけど、聞く耳持つような兄貴やない。びた一文払いますかいな。ほんま、めちゃくちゃでっせ。わし、だいたいが兄貴のこと嫌いでんねん。あの佐智枝というのもうっとうしい女や」

——と、そこへコーヒーが来た。ひと口すると、ひどく苦い。砂糖を二杯、ミルクをたっぷり注いだ。

「赤沢さんには神戸に住んでる息子さんがいるとか聞きましたけど」マメちゃんがいった。

「連れ子ですわ、佐智枝の。佐智枝も再婚ですねん。兄貴より三つも年上なんでっせ」

「その息子さん、名前は」

「昭雄《あきお》とかいいましたな。年は二十七、八でっしゃろ」

「仕事は」

「バーテンですわ。三宮《さんのみや》あたりのクラブに勤めてるはずでっせ。もう長いこと家には寄りついてないみたいですな」

あの荘園の白亜の豪邸が頭に浮かぶ。あれはまさに砂の城だ。金めあての再婚、連れ子との相克、愛人、厚い壁の向こうの倦《う》んだ生活。

「そういや、あの昭雄、三年ほど前に警察のご厄介になってまっせ」

「ほう、そうですか」

「これですわ、これ」

赤沢忠は注射を打つ仕草をして、「ええ若いもんがつまらんことするもんでんな」

「罪悪感が薄いんです。困った風潮ですわ」

「赤沢さんに愛人がいたこと、ご存じですか」私が訊いた。

「へえ、あの吝《しわ》い兄貴がそんなもん囲うてたとはね」

赤沢忠は唇をなめた。「どないです、ええ女でっか」

「…………」

もう聞くことはなさそうだ。

「おっと、ありました。これですわ」

マメちゃんは前歴者カードを繰る手をとめた。「赤沢昭雄、覚醒剤《かくせいざい》取締法違反。三年前の春に執行猶予付きの刑が確定してますわ」

「現住所は」

「神戸市中央区北長狭通《きたながさどおり》三の×五、伸栄荘となってます」

「いっぺん、昭雄から事情を聞いとく必要があるな」

「それは」

「義理の父親との仲や。間違うても、うまいことといってたとは思えん」

「昭雄が赤沢を手にかけたとでも？」

「可能性がないとは言いきれんやろ。狙いは赤沢の金。母親の佐智枝と共謀して……」

「待った。昭雄の血液型、Oと書いてます。佐智枝も確か、O型ですわ」

「何や、それを早よういえ」

私はコクンと首を折って、「わし、前々から不思議に思てることあるんやけどな」

「何です」

「母親と子供の血液型が違う場合、何で具合がわるうならへんのや」

「はあ……」

「子供は母親のお腹にいる間、へその緒を通して栄養をもろとるんやろ。血が混じってしまうやないか」

「こいつはあきれましたね。今どき、こういう無知な人がいてるんですな」

「誰が無知や、え」

「黒さん、胎盤というのを知らんのですか」

「聞いたことはあるな」

「ほれ、そこに坐《すわ》ってますがな」

マメちゃんの指さす先に川端がいた。鼻毛を抜きながら窓の外を眺めている。

「あれは怠慢や」

5

十一月九日、未明、赤沢宣良のセンチュリーが発見された。港区弁天埠頭《ふとう》、関西汽船の乗船場から西へ百メートル離れた駐車場だった。私はまだ暗いうちに電話で叩《たた》き起こされ、現場に着いたころには、夜はすっかり明けていた。

「えらい眠たそうですね」

先に来ていたマメちゃんが私の顔をしげしげと見る。

「寝不足や。ふとんに入ったん、一時すぎやもんな」

「また飲んだでしょ。厄年も近いというのに無理したらあきませんで」

「まだ四年もあるわい」

「光陰矢のごとし。今から心の準備をしとかんと」

「もうええ。状況をいうてくれ」

「結果待ち。指紋も血痕《けっこん》もまだですわ」

駐車場の海岸寄り、フェンスのこちらに駐《と》められた黒のセンチュリーのドアとトランクフードを開け放して、三人の鑑識課員が作業を進めている。そばには服部や川端が立って、何やら密談中。

「車の発見者は」

「パトカーです」

「灯台もと暗し。こんなとこにあったとはな」

西区九条の丸英金属工業からここまでは約一・五キロ、眼と鼻の先だ。

「丸田茂夫、引き時やな」

「ま、無理のないとこかもしれませんね」

マメちゃんはセンチュリーの方に眼をやって、低く呟《つぶや》いた。


アルミの灰皿に吸殻があふれている。取調室の机は焼け焦げだらけだ。

「ね、丸田さん、嘘は困りまっせ」

服部は丸田茂夫の顔を覗《のぞ》き込むようにしていう。

「嘘やありません。この傷は……」

「機械のハンドルにぶつかった。……そんな話を誰が信じますねん」

「ほな、いったい何を喋《しゃべ》ったらええんです」

「そやから、わしらは筋道の通った納得のできる答えが欲しいだけですねん。やましいとこがないんやったら喋れるはずでっせ」

「わしは、わしは……」

丸田はこぶしを握りしめた。背中をまるめ、半眼を閉じて身動《みじろ》ぎしない。服部は正面から、じっと丸田を見据える。

「刑事さん……」

丸田の上体がわずかに揺らいだ。「わし、赤沢に殴られたんです」

「殴られた？」

「赤沢はわしを罵倒《ばとう》したんです。返済金の一部を渡したあとも、口汚く罵《ののし》った上に、『油まみれで働くのも一生、わしみたいに横になってても一生、頭を使わないかんで』と、この調子です。わし、思わずスパナを摑《つか》んでました」

「なるほど、それで殺《や》ってしもたというわけや」服部は決めつける。

「あ、あほな」

丸田は手を振った。「赤沢はせせら笑いました。おもしろい、やってみいと、あの大きな体を寄せて来るんです。わし、スパナを床に落としました。その途端に殴られたんです」

「ほう、それで」

「赤沢はシャッターのくぐり戸を開けて出て行きました。わし、作業台に腰かけてボーッとしてたんですけど、だんだんむしゃくしゃしてきて、チャムへ行きました」

「ほな、八時から九時まで、何もせんとぼんやり坐ってたというんやな」

「そうです」

「あんたはチャムを出て、十一時十五分ごろ自宅へ帰った。それからどうしたんや」

「風呂《ふろ》へ入って、寝ました」

「それを証明するのは」

「家内です」

「奥さんと同じ部屋に寝たんかいな」

「寝室は別です。わしのいびきがうるさいよって」

「すると、あんたが夜中にこそっと外へ出ても、奥さんには分らんというこっちゃ」

「どういう意味です」

「あんた、死体をどこに始末したんや。安治《あじ》川か、尻無川か、それとも大阪湾か」

「何をいうんです」

「十一月五日の夕方、あんたは得意先まわりをするというて二時間ほど工場を留守にしてる。行った先は芦原橋《あしはらばし》の金物屋。環状線に乗ったついでに、ひとつ忘れ物をしたんと違うんかいな」

「…………」

「どないしました。口がきけんようになりましたか」

「…………」

「だんまり結構。その代わり、毎日ここへ来てもらいまっせ」

——と、そこへノック。ドアが開いて、マメちゃんが手招きする。私は取調室を出た。

「何や」

「工場の捜索が終りました」

「それで」

「スパナ、カッター、工具類に血液反応なし。工場の床に、二、三滴の血痕が付着してました。血液型はまだ不明です」

「トラックはどないやねん」

丸英金属工業には製品配達用の幌《ほろ》付きの軽トラックがある。丸田はこのトラックで赤沢の死体を運んだ可能性がある。

「運転席にも荷台にも血液反応なし。毛髪等なし」

「ないないづくしやな」

弁天埠頭で発見されたセンチュリーからも血痕や指紋は検出されていない。

「で、丸田のようすは」

「頑強に否定。長びきそうやで」

「黒さんの心証は」

「どっちともいえんな。あれが芝居なら、相当の役者や」

「丸田、シロでっせ」

「マメちゃん、おまえ……」

「腹、減りましたね」

マメちゃんは私の上着の袖口《そでぐち》を引っ張った。

「調べはトリさんに任しといて、晩飯でも食いましょうな」

大正北署前の横断歩道を渡って、バス停前のうどん屋の暖簾《のれん》をくぐった。かつおだしの濃厚な匂いが食欲をそそる。客は私とマメちゃんだけだ。

「ぼく、丸田を犯人とみるにはかなりの無理があると思うんです」

マメちゃんはほうじ茶をひとすすりして切り出した。「まず、第一の疑問点として、時間的な困難。丸田が本星なら、赤沢を殺したんが午後八時すぎ。それから、指を切り落として八十キロの死体を始末し、九時十分にチャムへ行った。……たった一時間でこれだけのことをするのは、どう考えても不可能です」

「何も死体の始末をする必要はあらへんやないか。工場の錠を下ろしといたら誰にも見つからへん」

「プロの犯罪者でもない人間が死体を放ったらかしにしてスナックへ行けますか。酒なんぞ飲める心境ですか。こいつは計画的犯行やないんでっせ」

「アリバイ工作という線もあるやろ」

「赤沢が工場へ来たんは従業員が見てます。今さら何のためのアリバイ工作です」

「ふむ、それで」

「第二の疑問は、わざわざスナックへ足を運んで唇の傷をさらしたこと。これは心理的におかしい」

「いわれてみりゃ、そうかもしれんな」

「そして、第三の最も大きな疑問点。丸田は何で赤沢の指を切断し、それを電車内に放置したんです」

「それはやっぱり、身許《みもと》を隠すか、あるいはその判明を遅らせるためやろ」

「隠したり遅らせたりしたところで、赤沢宣良が失跡した事実は蔽《おお》いようがない。赤沢の足取りを追うて行ったら、いずれにせよ捜査の手は丸田に迫るんでっせ」

私は湯呑《ゆの》み茶碗《ぢゃわん》を手にした。掌《てのひら》の中でまわしながら、マメちゃんの言葉を反芻《はんすう》する。

「その上、指を放置したことで、身許の判明が早まりましたがな」

「それは結果論というやつや」

「しかし、結果論だけで片付けるわけにはいかんでしょ」

「ほな、マメちゃんは、誰がどういう目的で指を置いたというんや」

「分りません」

「へっ……」茶がこぼれた。

「分りませんけど、分るような気もします」

「何じゃい、それは」

「犯人の目的は赤沢の身許を隠そうとしたのではなく、その反対であったと考えてみたらどうですかね」

「何がいいたいんや、え」

「それはつまり、自分から被害者の身許を明かすことで捜査の眼を逸《そ》らそうとした人物こそが真犯人であると読むのが正解やないですかね」

「というと、それは」

「赤沢佐智枝ということになりますわな」

「何やて」

また茶がこぼれた。私はおしぼりでテーブルを拭《ふ》きながら、「ほな、赤沢の爪の間に染み込んでた血をどう説明するんや。爪の血はA、佐智枝はO型やぞ」

「黒さん、知ってますか。成熟した女性は毎月、出血するんです」

マメちゃんは意味ありげに笑った。


午後九時二十分、今日もミナミは人が出盛っている。私とマメちゃんは酔客をかき分けるようにして笠屋町のマスカレードにたどり着いた。ベージュの人造大理石、濃紺のガラスドアを押して、キャッシャーの女の子に則竹昌代を呼んでもらう。三分ほど待って、昌代は外に出て来た。淡い藤色の紬《つむぎ》に塩瀬の帯、赤の半襟が艶《なま》めかしい。

「えらいすんません、お仕事中」

「刑事さんはいつもこんな遅うまで？」

「残業手当はつきませんけど、ね」と、マメちゃん。

「用事は何です」昌代の迷惑げな顔。眼が少し赤い。

「手短かに訊《き》きます。赤沢さん、奥さんと別れて、則竹さんといっしょになるような話をしたことはなかったですか」

「………」

「返事がないということは、そんな話があったと解釈してよろしいな」

「……あの人、子供が欲しいと、そればっかりいうてました。自分の血のつながった子供に財産を残したかったんです」

「もうひとつ訊きます。十一月二日、赤沢さんと関係しましたか」

「は……」

「つまり、その、セックスは」

「そういういやらしいことを聞くのも仕事ですか」

「いやらしいついでに訊きますけど、則竹さん、生理はいつです」

「あほらし。帰って下さい」

昌代は後ろを向いてドアに手をかけた。

「待った」

マメちゃんは昌代の手を押さえる。「則竹さんの答えで事件の真相が摑《つか》めるんです。決して不まじめな質問と違いまっせ」

マメちゃんの気迫に押されて、昌代は後ずさった。ふてくされたように横を向いて、

「毎月の中頃です」

「すると、十一月二日は」

「普通の日でした」

「そんなはずないでしょ」

「私が嘘をついてるとでも?」

「いや、それは……」

「変態、最低」

昌代はドアを開けて店内に走り込んだ。

6

犬がごみを漁《あさ》っている。家々の窓の明かりも消えて、人通りはほとんど絶えた。

「寒いな」

「秋も終りですわ」

「明日《あした》も仕事やというのに、班長の許可も得ず、三宮くんだりまで越境。こんなことしててええんかいな」

ダッシュボードの時計の針は午前三時を指そうとしている。

「必ずやこの労苦は報われます」

「報われんでもええわい。ほんまに、何の因果で豆狸と組むようになったんやろ」

「誰が狸です、誰が」

「変態よりはましやろ」

思い出すたび笑ってしまう。「今度から長いコート着てその辺を歩かんかい。女子高生が通りかかったら、コートをパッと開いて、八畳敷きのキンタマを見せたるんや」

「何と、下品な……」

「シッ」、指を立てた。

バス通りの角を曲がって、坂道を下りて来る人影が見える。私とマメちゃんはシートを倒して姿勢を低くした。

その男はアパートの駐車場の入口で左右を見まわしたあと、足早に奥へ消えた。長身、わし鼻の横顔は赤沢昭雄に違いない。

「あれや。行くぞ」

私とマメちゃんは車を降りた。駐車場を抜ける。

アパート伸栄荘、男は一階三号室のドアに鍵《かぎ》を差そうとしていた。私たちに気づいてこちらを向く。

「赤沢昭雄さんですね」

いった途端、昭雄は走り出した。通路を走り抜けて、突きあたりを右へ。

「待て」

私は追う。右へ曲がるなり、黒い壁に頭から突っ込んだ。ゴーンと鈍い音、一瞬、朦《もう》朧《ろう》となって膝《ひざ》が折れたところへマメちゃんが飛び込んできた。二人だんごになってもつれあう。

「あ痛た、た……」

それでも素早く起き上って非常扉を開け、路地の外に出た時は、赤沢昭雄の姿はどこにもなかった。

「くそっ、フケられた」

「通路の奥に扉があったとはね」

「どないする。ただでは済まんぞ」赤鬼のような宮元の顔が眼に浮かぶ。

「ものは考えようですわ。昭雄が逃げたことで事件の全体像が見えました」

「悠長なこというてる場合か」

眼の上がひどく痛い。内出血しているかもしれない。

「それより黒さん、部屋を調べましょ。都合のええことに、鍵差したままでっせ」

足を引きずりながら三号室に向かった——。

赤沢昭雄の部屋はひとり暮らしの男の住まいにしてはきれいに整頓《せいとん》されていた。1DK、狭い板張りのキッチンと八畳のリビングルーム。アクリルのパイルカーペットを敷きつめたリビングにはダブルベッドとサイドボード、整理だんすの他に家具といえるものはなく、スーツやセーターなどの衣類は押入れの中にパイプを渡して、そこに隙間なく吊《つ》るしてあった。マメちゃんはキッチン、私はリビングを調べる。

サイドボードの上に電話。番号簿をめくってみるが特に注意をひく名前はない。半分以上が女の名前だ。

サイドボードの中は酒とグラス、雑誌、買い置きのたばこ、ライターやサングラスなどの小物と、赤いガラスのイヤリング、目指すものは見つからない。

整理だんす。いちばん下の抽斗《ひきだし》に、ストッキングのパッケージが半ダースとコンドームが一箱あった。

押入れに移った。衣類をかき分けて奥を調べるが、綿埃《わたぼこり》の他に何もない。下段の衣装ケースを引き出して中を改める。夏物の服が詰まっているだけで、これもだめ。

「どうや、そっちは」

冷蔵庫を覗《のぞ》いているマメちゃんに声をかける。

「あきませんな。……貧しい食生活でっせ」

「けど、女には不自由してないみたいやで」

額がズキズキする。腫《は》れはどんどんひどくなって、文字どおり、眼の上のたんこぶだ。

私はもう一度、押入れに上半身を入れた。ジャケットやスラックスのポケットをひとつずつ探っていく。

――と、何か固いものに手が触れた。抜き出してみると、ところどころ塗装の剝《は》げた真鍮《しんちゅう》製のペンシルケースで、振ればカラカラと音がする。

これや——、ケースを開けた。

中に、三本の注射器とアルミホイル、そして、魚の形をした醬油《しょうゆ》の容器に透明の液体。通称〝金魚〟と呼ばれる覚醒剤《かくせいざい》だ。

「あったぞ」

私は大声でマメちゃんを呼んだ。


そして、二日——。

午前九時、時刻を確認してから、服部は赤沢邸のインターホンのボタンを押した。

「はい、赤沢です」

「府警の服部ですが」

「どうぞ、お入り下さい」

と同時に、おそらくリモコンだろう、くぐり戸の向こうで錠の外れる音がした。服部、マメちゃん、私の順で邸内に入る。門から玄関まで十三個の踏み石が並べられていた。

佐智枝は白のガウン姿で我々を応接室に迎え入れた。表情に生気がなく、疲れたようすでソファに沈み込む。

「今日は三人もいらしたんですね」

「その後、昭雄君から連絡はありましたか」服部が訊《き》いた。

「ありません」

昭雄がアパートから姿を消したことは一昨日の朝、佐智枝に伝えてある。昭雄から連絡があれば帳場に電話を入れるよう依頼したが、それはまったく期待していない。昭雄は当然、佐智枝に自分の逃走を伝えているだろうし、佐智枝がその逃走先を我々に喋《しゃべ》るはずもない。我々はこの二日間、赤沢邸の玄関と勝手口を見通せる場所に車を駐《と》めて、人の出入りを逐一監視していた。佐智枝はおそらく張り込みに気づいているはずだが、そんなことはおくびにも出さない。

「で刑事さん、昭雄はどうなるんでしょうね」

「累犯やし、実刑は免れませんわな」

昭雄の部屋から覚醒剤が発見されたことは、私が佐智枝に話した。佐智枝は昭雄の逃走の理由を覚醒剤所持だけに限定したいのだ。

「ご用件はそのことだけで？」

「いや、実は奥さん、今日はお宅の家宅捜索をさせてもらおと思いまして」

「えっ……」

見る間に佐智枝の顔が蒼白《そうはく》になった。口端が小刻みに震えている。

「奥さんには立ち会いをお願いします」

「いやです……」

佐智枝はそれだけを絞り出した。あとは言葉にならないようだ。

「令状は持参してます。外には捜索要員も十人ほど控えとるんですわ」

「だめです。そんなこと」

「何ぞ理由でも」

「ありません。……あるもんですか」

「それは困りましたな」

服部はひとつ頭をかき、真顔になって、

「もうこないなったらはっきりいいますわ。奥さん、夫殺しの重要参考人として捜査本部に同道してもらいます」

「あ、あほな……」

「ちょっとよろしいか」

マメちゃんが口をはさんだ。服部に了解を求めるように眼で問いかけると、服部は小さくうなずいた。マメちゃんは深呼吸をして、

「ぼく、肚《はら》の探りあいは苦手ですねん。そやから単刀直入に話します。一部、推論も入るけど、大した間違いはないはずです」

——十一月二日、夜、赤沢は西区九条から帰宅した。佐智枝に酒を用意させ、飲みながら、取引先の丸田という男と口論になり、彼がスパナを手にしたこと、丸田を殴りつけたことを話した。佐智枝はこれを聞いて、より詳しい状況（丸英金属工業の場所、時間、目撃者の有無、丸田のようす）を訊《たず》ね、この日が計画を実行に移す絶好の機会であ

ると考えた。そして、酔った赤沢が眠り込むのを待って、三宮のバーに電話。昭雄に、池田へ来るよう伝えた。

昭雄は店のはねたあと、車（ギャラン）で荘園へ来て、邸内に入り、眠っている赤沢の首に紐《ひも》を巻いて絞殺。指を切り落としたのち、死体を何重ものシーツに包んでセンチュリーのトランクに載せ、遺棄した。そしてセンチュリーを弁天埠頭《ふとう》に放置。夜が明けてからバスと電車を利用して荘園に戻り、ギャランに乗って三宮のアパートへ帰った——。

「殺人の動機は、金です。赤沢氏はあなたと別れて則竹昌代と結婚しようとし、そのことをあなたに通告したはずです。あなたは自分の立場に強い不安を覚えた。昌代に子供ができたら、赤沢氏は認知する。昌代とその子供に財産のすべてを残すべく、合法、非合法かまわず、ありとあらゆる手段を弄《ろう》するに違いない。暴力団を使うてあなたを脅すことも充分に考えられる。……今、赤沢氏が死んでくれたら、全財産は自分のものになる。愛人や子供に一銭たりとも分けることはない。この家も会社も、元はといえば、私の持参金が大きくなったもんや。利用されるだけ利用されて放り出されるわけにはいかん。……と、そういったもろもろの理由が重なって、いつしかあなたは赤沢氏に対する殺意を抱くようになったというわけです。二日の夜、赤沢氏から丸英金属での出来事を聞いた時は、まさに渡りに船と考えたんです」

マメちゃんの謎解きはいよいよ熱が入る。佐智枝は深く俯《うつむ》いたまま、ひと言も発しない。

「そして、ぼくらが抱えた最も大きな疑問……犯人は何ゆえ、指を切断し、それを電車内に放置したのか」

マメちゃんはソファに浅く坐《すわ》り直して、「その答えは伸栄荘で見つかりました。そう、覚醒剤の注射器です。三本の注射器のうち、二本には、たぶん赤沢昭雄のものであるO型の血、残りの一本にはA型の血が付着してました。……つまり、赤沢昭雄は、覚醒剤を試すという口実で、あなたや自分とは異なるA型の女友達の血を抜き、その血を赤沢氏の指になすりつけて環状線に放置したと、そういうことなんです。……犯人《ホシ》は被害者《ガイシャ》の身許《みもと》を隠そうとした。指を電車に置き忘れた。被害者は死の直前にA型の犯人と争った。そんな推理がなされることを期待したんです」

「わし、感心しましたで」

服部がいった。「正直、ようできたシナリオですわ。これを考えたん、あんたでっか、昭雄でっか。それとも、こんな推理小説がどこぞにあるんでっか」

「……証拠は、証拠はあるんですか」

顔をもたげて、佐智枝がいった。さっきまでの悄然《しょうぜん》とした表情が失《う》せて、居直ったようにも見える。

「その女友達を探しあてたんですわ。三日の夜、昭雄が血を抜いたと証言してます」

「その血が、爪の間の血と同じやとは証明できないでしょう」

「確かに、そのとおり」

いって、服部はさも愉快そうに笑った。少し間をおいて、「あんた今、爪の間の血、とかいいましたな。それは誰に聞いたんです」

「誰って……この人がいったじゃないですか」

佐智枝はマメちゃんを指さす。

「そらおかしいですな。さっき亀田は、指に血をなすりつけた、というたんでっせ」

「何ですて……」

佐智枝は力なく頭《こうべ》を垂れ、崩れるようにソファにもたれ込んだ。


十一月十五日、赤沢佐智枝は全面自供した。その供述により、高松市藤塚の旅館で赤沢昭雄が逮捕された。昭雄は赤沢宣良の死体を箕面市新稲《にいな》の山中に埋めたといい、野外活動センター近くの林道脇の斜面から死体は発掘された。

昭雄は佐智枝の指示により、赤沢邸のバスルームで赤沢の指を切断し、それを五日午後六時ごろ、JR環状線福島駅で内まわり電車に放置した。

赤沢佐智枝は十年以上前から、夫に対する殺意をつのらせていたと、取調べの捜査員に語った。

ドリーム・ボート

1

雅彦《まさひこ》が台所でごそごそしている。きのう食べ残した餃子《ギョーザ》をレンジで温めているらしい。恭子《きょうこ》は寝返りをうった。頭が揺れるように感じるのは、少し熱があるせいだろう。

「おい、飯がないじゃねえか」

雅彦のいらだった声。恭子は枕に顔をうずめて返事をしない。

「起きて、飯くらい炊け」叩《たた》きつけるように炊飯器の蓋《ふた》を閉める音。

「くそっ、女のくせに……」

その女に食べさせてもらってるのは誰――、ふとんの下でつぶやいた。面と向かって反論する気力はもう失せた。

――チャイムが鳴った。そしてノック。

「何だよ」吐き捨てるようにいって、雅彦は玄関へ行った。

「すんまへんな、起きてもらえまっか」

「えっ……」

声がちがう。振り向くと、ドアの向こうにコートを着た二人の男が立っていた。背の低い年かさの方が黒い手帳をかざして、

「話を聞かせてもらえませんかな」と小さく会釈する。

「――あの、うちの人は」

思いもかけない侵入者に恭子は混乱した。

「ちょいと捜査本部までご足労願おうと思いましてね。今、うちの連中といっしょに出て行きましたわ」

年かさはにこやかにいい、「いや、逮捕したわけやおません。任意同行やさかい、晩になったら帰ってもらいますわ」

「――いったい、何が……」

恭子は起き上った。Tシャツの胸に毛布を巻きつける。

「この部屋では話も何やし、ダイニングで待ってますわ」いって、刑事はドアを閉めた。

恭子はベッドを出た。壁の時計を見ると、午後二時すぎ。床に脱ぎ散らしたトレーナーとジーンズを拾って身につけ、鏡台の前に坐った。

雅彦もとうとう年貢の納めどきか――、フラッパーの髪を手早くまとめてポニーテールにし、化粧水を含ませたコットンで顔を拭《ふ》く。乳液とクリームを塗り、ファンデーションを塗り延ばす。眉《まゆ》を描き、マスカラをつけ、ローズレッドの口紅を塗った。相手が刑事であれ何であれ、男に素っぴんの顔は見せられない。鏡に向かって二度、三度ほほ

えみかけ、ゆっくり立ち上った。

二人の刑事はコートを脱ぎ、ダイニングチェアに腰かけて、たばこをくゆらせていた。

年かさは恭子を振り仰いで、はっと驚いたように、

「何と見違えるようですな。きれいな人はよろしいわ」

いわれて、わるい気はしない。恭子は冷蔵庫の扉を開けて缶ビールを出した。

「飲みます？」

「いや、いや、あきまへん」

年かさはあわてて手を振った。「わしら、仕事中ですがな」

「そう……」恭子は二人に向かいあって腰を下ろした。

「申し遅れました。わしは府警捜査一課の三柴《みしば》、こっちは野村《のむら》といいます」

たばこを揉《も》み消して、三柴はいう。野村は三十前後で、眼が細く、頰のそげた、恭子の好みのタイプ。

が天井を向いている。色黒、年は四十代後半、額が抜けあがり、低い鼻
きのうの客に、似たようなのが一人いた。

「おたく、岸本《きしもと》恭子さんですな」

「ええ……」

「年齢、二十四。和歌山県新宮《しんぐう》市の生まれ。京都の三省女子短大を中退。一年前から道《どう》
頓堀《とんぼり》の『ドリームボート』に勤務」

「よう調べてるんですね、私の履歴」

恭子は三柴の言葉を遮った。「それで、私を捕まえようとでも？」

「おたくをどうこうしようというんやおません」

三柴は真顔になった。「同居人である沢田《さわだ》雅彦のことでいろいろ聞きたいことがあるんですわ」

「すると、あの人はやっぱり……」

「実は、ゲーム機の件ではないんや」

低く応じたのは野村だった。テーブル上に組んだ手から眼を離さず、「あんた、三ヵ月前の誘拐殺人事件を知らんか。十三《じゅうそう》のエアポートいうラブホテルで十九歳のウェイトレスが殺された事件や」

「ああ、憶《おぼ》えてる。女の子の家に五百万円を払えという電話があったんでしょ」

「そう、それや。被害者《ガイシャ》の名前は大谷房子《おおたにふさこ》。死体発見は九月二十日の午前十時半で、死因は覚醒剤《かくせいざい》大量摂取による急性中毒。ショック死やな。死亡推定時間は、十九日午後十一時半から二十日午前一時。大谷は十九日の午後八時ごろ――」

北区阪急東通りのゲームセンター「モナコ」を、会社員風の男といっしょに出た。男と房子がエアポートへチェックインしたのは午後十時四十分、男は泊まりの料金を先払いし、午前一時ごろ、ひとりでホテルを立ち去った。そして二十日、午前九時五分、房子の家（東大阪市下小阪《しもこさか》の青果商）に電話がかかり、男の声で房子の身柄と引き替えに一千万円を要求。父親が、すぐには用意できないと答えると、金額を五百万円に変更した。男は身代金受け取りの場所、時刻をいわず、またあとで連絡するといって電話を切った。

五分後、父親は隣のクリーニング店から一一〇番通報をし、それを受けて府警刑事特捜隊と捜査一課が大谷家へ急行。家人から詳しい事情を聞くとともに、逆探知等の準備をし、再度の連絡を待った。

「――と、そうこうするうちに、十時半になって十三のホテルから一一〇番や。所轄の探偵が現場へ駆けつけたら、裸の女がベッドで死んでる。ハンドバッグの中に勤めてる喫茶店の名刺があったから、本部に身元を照会したら、ちょうど営利誘拐の捜査中やったと、そういうわけや」

「九時すぎの電話のあと、犯人からの接触はいっぺんもない」

三柴が口をはさんだ。「ウェイトレスの死亡はどちらかというと過失死の可能性が高いさかい、身代金要求は思いつきの犯行かもしれんし、あるいは死体が既に発見されたか探りを入れる意味があったんかもしれん。つまるところ、ほんまに金を奪《と》る気やったかどうか疑問ではありますな」

「まさか、その犯人がマーちゃんやと……」

恭子は大きく息をついた。三柴は答えず、ひとつ間をおいて、

「九月十九日の夜から二十日にかけて、沢田雅彦はどこで何をしてました」

「そんな三ヵ月も前のこと、思い出せません」

「ここは何が何でも思い出してもらわなあきまへんな」

「ホテルの人は犯人を見てるんでしょ」

「残念ながら、声しか聞いてません。部屋の指紋も拭き取ってます」

三柴は首をこくりと鳴らした。「犯人の車は白のマークⅡかコロナ。沢田の車はマークⅡですな」

「そらマーちゃんは遊び人やけど、人を誘拐したり身代金を要求したり、そこまでわることはできません」

「身内は誰でもそんなふうにいいまっせ」

「それなら、どうしてマーちゃんが」

「さっきいうた東通りのゲームセンターですがな。大谷房子といっしょにモナコを出た男は沢田雅彦ですわ」

「そんな……」

「わしら、被害者の足取りを追うのにほんまに苦労したんでっせ。三ヵ月もかかって、やっとこさモナコを捜しあてましたがな」

満足げにそういって、三柴はたばこを吸いつけた。

「犯人は十三のホテルで女と寝たんですか」

「ちゃんと、することはしてまっせ。被害者の体内から精液を採取したさかいね」

なぜか猛烈に腹が立った。缶ビールをあけ、そのままあおる。

「岸本さん、あんた、短大まで行きながら、何でこの商売に入ったんや」

「そんなこと、関係ないでしょ」恭子は手の甲で唇の泡を拭《ぬぐ》う。口紅が赤くついた。

「関係のあるなしはこっちが判断するこっちゃ」

三柴の口調が厳しくなった。「わしら、暇つぶしでここに坐《すわ》ってるんやない。事件のことを詳しいに説明したんも、あんたに納得してもろた上で、しっかりした答えが欲しいと思えばこそでっせ」

「私が話したくないというたら」

「あんた、脛《すね》に傷持つ身や。ドリームボートも営業停止てなことになるかもしれん」

「それ、脅迫ね……」

「まず沢田とのなれそめから聞かせてもらいまひょか」

「――一昨年《おととし》の暮れです。マーちゃんと初めて顔を合わせたのは」

恭子は視線を宙に浮かせた。


部屋に入ると、男はソファにもたれかかって水割りを飲んでいた。短く刈り上げた髪、ダブルのスーツ、ペイズリー柄のネクタイ、恭子を睨《ね》めまわすような鋭い眼つきに、普通の勤め人にはない翳《かげ》りを感じる。

「遅かったね。待ちくたびれちゃった」

少しかすれた低い声、意外にやさしい口調だった。「何か飲む?」

「いえ、結構です」

「突っ立ってないで、坐れば」

男はソファの向かいを手で示す。恭子は一礼して腰を下ろした。

「何だか緊張してるようだね」

男はグラスをかざし、恭子にほほえみかける。「おれは運がいいよ。君みたいなかわいい子が来てくれて。経験、浅いんでしょ」

「今日が三日めです」

「そりゃ、ますますいい」

男は笑った。「お金、いくらだっけ」

「あとでいいです」

「だめ、だめ、ビジネスが先。こういうのは前払いが鉄則なんだ」

男は内ポケットから札入れを出し、五枚の札を抜いてテーブル上に置いた。恭子は多すぎるといったが、男は恭子の手をとって札を握らせた。

「君、名前は」

「あけみです」

「おれは雅彦。さ、ベッドへ行こうか」

ネクタイを弛《ゆる》めながら、男は立ち上った。

——それから一週間、雅彦は毎日、ホテルから恭子を指名してきた。彼はいつもやさしく紳士的で、馴《な》れ馴《な》れしい態度はまったく見せなかった。恭子は雅彦の指名を心待ちにするようになっていた。

「――ね」

恭子は髪を払って雅彦の胸に頬をつけた。肩に手をまわし、脚をからませて、

「私、もうお金は要らない」

「どうして……」

「どうしても」

眼頭が熱くなった。「私、あけみやない。ほんとの名前は恭子」

「いい名前だ。あけみよりずっといい」

雅彦は恭子の髪を撫《な》でながら、「なぜ喋《しゃべ》る気になった」

「もうこんなことやめようと思ってるから」

「やめて、どうする」

「分らへん。今度はまじめな職を探す」

「そんなあっさりやめられるのか。金に困ってはいないの」

「それは、困ってないとはいえへんけど……」

恭子は仰向《あおむ》きになった。「私がデートクラブに入ったわけ、一度も訊《き》かなかったね」

「そういうの、野暮だもんな」

「男に裏切られたから、といえば言いわけになるかな」

呟《つぶや》くように恭子はいった。「私、高校生のころからつきあってる男がいた。彼が神戸の自動車整備工場に就職して、私も京都の短大に入ったんやけど……」

——その年の秋、恭子は妊娠した。金を工面して中絶したが、下宿へ遊びに来た、いとこにそのことが知れ、両親の耳に入った。恭子は新宮へ呼び戻され、父親に殴りつけられた。

恭子は短大をやめ、家を出た。男は大阪鶴見区の整備工場へ移り、近くに借りたアパートで、二人は同棲《どうせい》を始めた。以来、両親とは義絶状態になっている。

大阪で暮らし始めて、恭子は二度妊娠し、二度とも流産した。医者は堕胎の後遺症だといった。

男の勤めは長続きしなかった。三ヵ月で工場を辞め、ミナミのキャバレーにホール係として働き始めたのを皮切りに、クラブのウェイター、スナックの雇われマネージャーと、水商売を転々とした。当然、収入は多くない。

恭子は男にいわれて、サパークラブのレジ係になった。酒が飲めない体質で、酔客の相手をするのは嫌だったから、いくら勧められてもホステスにはならなかった。

「職業って、人間を変えるのね。私もそうなんやけど、まじめで無口やった彼が、人が変わったように派手になって、平気で嘘をつくようになった。女ができたのよ」

「お定《き》まりのパターンだな」

「半月前に、女がひとりで私のところへ来たの」

「彼と別れてくれ、だろ」

「そう。赤い髪の痩《や》せぎすの女。私、別れるというたけど、あとで女の仕事を聞いて卒倒しそうになった」

クククッと、恭子は笑い声をもらした。「女はね、ソープ嬢やったのよ。こんなばかにした話って、ある」

「それはおもしろい……というよりは、むちゃくちゃだな」

雅彦は恭子の方に向き直った。「君がこの仕事を始めた気持ち、分るような気がする」

「でも軽蔑《けいべつ》するでしょう」

「しない。よく話してくれた」

雅彦は軽く唇を合わせた。「すると恭子は、今どこに住んでるの」

恭子、といってくれたのが嬉《うれ》しかった。

「千代崎《ちよざき》のアパート。彼は荷物をまとめて出て行った」

「そうか、ひとり住まいなのか」

雅彦はまたキスをした。「よかったら、おれんとこへ来ないか。住吉《すみよし》の小さなマンションなんだ」

2

「あんた、沢田の仕事も年も確かめんと、部屋にころがり込んだんかいな」三柴がいう。

「どうころんでも、あれ以上わるくなることはないと思ったから」

「そのころ、沢田は何をしてた。ゲーム機をいじってたんか」

「ギフト商品の販売です。ミナミのバーやスナックをまわって注文をとってたようやけど、毎月、赤字やったみたい」

「赤字やのに、毎日のように女を買《こ》うてたんか」

「国民金融公庫から運転資金の融資を受けてたんです。返済なんて考えてなかったんやないかな」

「あんたは住吉のマンションでじっとしてたんか」

「マーちゃんの紹介で、笠屋町のラウンジに勤めました」

「自分の食いぶちは自分で稼げというこっちゃな」

「だったらいいんやけど、マーちゃんは私を売ったんです」

「何やて」

「私の給料やといって、ラウンジのオーナーから五十万円を前借りしてたんです」

「何と、前の男よりひどいがな」

「マーちゃんはサラ金にも借金がありました。私に印《はん》を押させて、またお金を借りました。気がついたときはがんじがらめ、蜘蛛《くも》の糸にからめられた蛾ですね」

「何のことはない、あんた、竿師にひっかかったんやで」

鼻で笑うように野村がいった。「ドリームボートを紹介したんも沢田やな」

「ええ……」

冬、珍しく雪の舞い落ちたある日、スーツの襟にバッジをつけた二人の男がマンションへやって来た。二人は部屋に入るなり、雅彦を殴りつけ、金の返済を迫った。雅彦は逃げまどい、床に這《は》いつくばって許しを請うた。

おどれは何べん待っても、利息も入れへんやないかい――。組員の追い込みを眼《ま》のあたりにして、恭子は悲鳴も出なかった。

そんな腐った小指なんぞ豚の餌にもならん。ほれ、ここに金の成る木がころがっとるやないけ――。組員は恭子の頰を撫でた。

ほんのひと月だ、おれの生命を買ったと思って辛抱してくれ――。雅彦は血だらけの顔を歪《ゆが》め、泣きながら恭子にいった。恭子の心にぽっかり穴があいた。

「――阪町のソープ。その日のうちに、私は客をとらされた」

「クズやな。沢田」ぽつりと、三柴。

「そう。私はそのクズから離れられない蠅」

「その阪町のソープランドから、一年前にドリームボートへ移ったんやな」

「ソープもやってみればけっこうおもしろいのよ。かけひきがないし、あっけらかんとしてる。お金にもなるし、ね」

「そら、あんた、強がりやろ」

三柴が恭子の左手に眼をやった。「余計な世話かもしれんけど、短気だけは起こしたらあかんで」

「これはちょっとしたいたずら」

恭子はトレーナーの袖《そで》を引いて手首の傷を隠した。「——何か、たまらなく淋《さび》しくなることがあるのよね。でも、もう馴《な》れた」

「で、ゲーム機の件やけど、沢田はいつごろから」

「私がドリームボートへ移ったころ。知り合いにゲーム機のセールスマンがいて、中古の機械を安くまわしてもらったんです」

「その機械を、沢田は喫茶店やゲームセンターに置いてるんやな」

「取り分は売上げの半分。店のマスターに賭《か》け金をごまかされるって、ようぼやいてます」

「沢田は機械を何台持ってる」

「十台くらいかな。ルーレットとポーカーだけ」

「阪急東通りのモナコへは、二日にいっぺん集金に通うてたみたいやな」

「私、そこまでは知りません」

恭子は残りのビールを飲みほした。「ゲーム機にお金を賭けたら罪になるんでしょ。マーちゃんは逮捕されるんですか」

「そらもちろん、摘発の対象や。けど、遊技機賭博《とばく》は防犯課の担当やさかいな。わしは、はっきりしたことはよういわん」

三柴はハイライトを手にとった。中に一本も残ってないのを見て、握りつぶす。「沢田、シャブをいろたことは」

「さあ、どうやろ……」

恭子は椅子にもたれかかり、眼をつむった。雅彦が覚醒剤《かくせいざい》を打つところは何度か見たことがある。恭子も勧められたが、打ったことは一度もない。注射器は確か、トイレの戸棚の中にある。

「——この家では見かけたことないですね。外ではどうか分りませんけど」

「それ、嘘やおまへんな」

「嘘なんかつきません。マーちゃんのこと、庇《かば》うつもりないから」

「九月十九日の水曜と二十日の木曜、沢田はどこで何してました」

「だから、日記をつけてるわけでもないし、すぐには思い出せないって……」

九月は旅行も、これといった遊びもしなかった。特に変わったことのない日常を憶《おぼ》えてはいない。

「あんた、仕事のスケジュールは」

「いちおう四勤二休。四日行って、二日休みやけど、女の子の足りないときは臨時出勤もします。お昼の二時には店に入って、ラストが夜の一時すぎ。家へ帰るのは午前二時ごろになります」

「ほな、その間の十二時間、沢田が何をしてるか、あんたには分らんというこっちゃ」

「それは、そうですけど……」

「沢田、外泊するようなことは」

「たまにはあります。飲んだくれたり、博奕《ばくち》をしたり」

「ほな、ウェイトレスが死んだ日に外泊しとっても、珍しいことではないんや」

誘導するように三柴はいう。「沢田には、他につきおうてる女がいてるんかいな」

「いるかもしれませんね。私が知らないだけで」

恭子はジーンズのポケットからたばこを出した。「メンソールやけど、これでよかったら」

三柴に差し出す。

すんまへんな、三柴は一本抜いてマッチの火をつけた。

「さっき、ウェイトレスの体に精液が残ってたと聞いたけど、血液型、判るんでしょ」

「ほう、よう知ってますな」三柴は鼻からけむりを吐く。

「何型です」

「それは、ま、いわぬが花でんな」

「マーちゃん、B型です」

「へえ、Bでっか」

三柴の表情がわずかにくもった。「しかし、本人のいうことはあてにならんさかいね」

犯人はB型ではない、と恭子は思った。

「刑事さんて、大した根拠もないのに取り調べをするんですね」

「さて、そいつはどうやろな」

気をわるくしたようでもなく三柴はいって、内ポケットから封筒を抜き出した。

「それは」恭子が訊《き》く。

「捜索令状ですわ。立ち会い、お願いします」

「――ドラマみたい」

呟《つぶや》きながら、恭子は椅子を引いた。

「どこへ」

「トイレ」

立って廊下へ出た。一度後ろを振り返ってからトイレに入り、錠をおろす。戸棚を開け、菓子缶を取り出した。蓋《ふた》をとると、中にプラスチックの注射器と白磁の猪口《ちょこ》。便器に捨てようとしたが、流れそうにない。トイレには窓がなく、迷った末に、注射器と猪口をジーンズのポケットに入れて外へ出た。

「おっと、えらい長かったな」

廊下に野村が立っていた。「あんた、中で何してたた」

「トイレですることは決まっているでしょ」内心の動揺を隠して恭子はいう。

「水の流れる音がせんかったがな」

「…………」頬が強張《こわば》る。

「さ、ポケットの中のもん、出して見せてもらおか」

にやりとして、野村はあごを撫《な》でた。


家宅捜索は六時に終った。雅彦は帰って来ず、七時まで待って、恭子はドリームボートへ出勤した。ひとり鬱々《うつうつ》と考えるより、店にいる方が気がまぎれる。出前のラーメンに箸《はし》をつける間もなく、指名の客が来た——。

「今日は早いのね」

「店に電話したら、まゆみさんはちょっと遅うなるというし、そこの鮨屋《すしや》で時間をつぶしたんや」

「それはそれは、ありがとうございます」

恭子は髪をあげ、ピンでとめる。客は吉川《よしかわ》といい、このところ三日に一度は顔を出す。年は三十少し前、雅彦より二つ、三つ若い。パーマの髪と派手な服装にどこか胡散《うさん》くさい雰囲気がある。本人は中央市場の鮮魚卸をしているというが、指はきれいだし、魚のにおいもしない。朝の早い仕事だというのは本当らしく、バスの運転ができるというから、あいりん地区あたりの手配師ではないかと恭子は見当をつけている。

「な、まゆみ、このあいだの話、考えてくれたか」

吉川はベッドに腰かけて、組んだ脚をぶらぶらさせながらいう。

「考えてる。でも、私……」

「おまえ、ほんまは男がおるんやろ」

「そんなん、いないけど……」

「ややこしいのはわしが話をつけたるがな。金の心配もさせへん。わるいことはいわへん、おれとつきおうてくれ」

「もう少し待って。返事するから」

「わるい返事やったら、いらんで」

吉川はブルゾンを脱ぎ、シャツのボタンを外す。

「――ね」恭子は吉川の隣に坐《すわ》った。

「うん……」

「脱がせて。今日は飛びたいのよ」

3

家に帰り着いてリビングの照明を点《つ》けると、ソファに雅彦が寝ていた。

「あれ、どうしたの。明かりもつけんと」

「ばかやろう」

雅彦は起き上った。「こんな日に店へ行くやつがあるかよ」

「そやかて、行かんと食べられへんやない」

「くそっ」

雅彦はクッションをカーペットに叩《たた》きつける。恭子を殴るような度胸はない。

「けど、よかった。マーちゃんが帰って来て」慰撫《いぶ》するように恭子はいう。

「あたりまえだろ。おれが人殺しなんかすると思ってんのかよ」

「そやけど、マーちゃんはあのウェイトレスと……」

「ああ、会ったよ。話もしたよ。……寝耳に水さ。今日、刑事にいわれるまで、おれはあの女が死んだなんて知りもしなかった」雅彦はしゃくれたあごを突き出して言い散らす。

——阪急東通りのゲームセンター、モナコ。雅彦が女を見かけたのは九月十九日の夜、八時ごろだった。赤いクルーネックセーターに黒いレザーのミニスカート、女はポーカーゲームテーブルの前にぽつんと坐って、コーラを飲んでいた。

雅彦は女に歩み寄って話しかけた。

「ゲーム、しないの」

「せえへん。おもしろくないもん」

「勝てばおもしろいよ」

雅彦は屈《かが》んでゲームテーブルの鍵《かぎ》を挿し、コインボックスを抜き出した。それを女が覗《のぞ》き込む。

「たくさん入ってるやんか」

「まあ、ね」

雅彦は硬貨を布袋に移しながら、「待ち合わせ？」

「別に」

女はかぶりを振り、「たばこ、ある？」

感情のこもらぬ眼を雅彦に向ける。雅彦がラークをテーブルに置くと、

「お腹、空《す》いたな」女はたばこを咥《くわ》えて、ぽつりという。

雅彦は女を連れて近くの炉端焼きへ入った。女の名はけい子、神戸の短大生で、家は歯科医院だといった――。

「あいつ、遠慮もしないでよく食った。ビールも二本は飲んだだろ」

「相変わらず、鼻の下が長いんやね」

恭子はバッグを足許《あしもと》におき、ドアを閉めた。「それで、どうしたの」

「それっきり。店を出て、別れた」

「ほんと？」

「ほんとさ。女の顔も憶《おぼ》えちゃいない」

「車に乗せて、どこかに連れてったんやないの」

「刑事とおなじような口をきくんじゃねえよ」すごむように雅彦はいう。

恭子は壁に寄りかかって、

「マーちゃんが出て行ったあと、ここは捜索されたんよ。鑑識とか何とか、紺の作業服着た刑事が四人も来て、隅から隅まで調べて行った。もちろん、地下のガレージの……」

「何だって……」

雅彦の声がうわずった。「車も調べたってのか」

「そう。指紋とか採ってたわ」

「おまえ、キーを渡したのかよ」

「だって、書類を持ってたもん。注射器、見つかってしもた」

恭子は雅彦の前に立った。「どうしてそんな顔するのよ。あんた、まさか……」

「ばかやろう。おれは何もしちゃいねえよ。だから、こうして帰って来たんじゃねえか」

「ほな、無罪放免？」

「あいつら、取調室に入った途端に、血と唾《つば》と小便をくれっていいやがった。理由《わけ》を訊いたら、ぼそぼそと、ウェイトレスの体ん中に精液が残ってたっていうんだ。おれは怒ったね。それは何型だって訊いても答えねえから、聞くまでは協力しないとごねてやった。すると、年食った刑事が顔出して、O型だっていいやがんだ。おれは喜んで献血したよ。ついでに唾と、小便をコップに一杯くれてやった」

「やっぱり、そうやったんやね——」

恭子はほっとした。昼間の刑事たちとのやりとりを思い浮かべる。雅彦の血液型がBだといったとき、三柴は明らかに動揺していた。

「けど、おしっこを検査して、覚醒剤《かくせいざい》は出ないのかな」

「大丈夫。おれが最後に打ったのはひと月も前さ。あいつらが持ってったのはただの注射器で、シャブじゃない」

雅彦は恭子の手をとった。「おれを信じてくれ、恭子」

「でも私、マーちゃんのアリバイを証明できへんかった。店に電話して訊《たず》ねたら、九月十九日、私は出勤してた」

「おれはB型さ。アリバイなんて要らねえよ」

自分にいいきかせるように雅彦はいって、長いためいきをついた。

——そして五日。刑事はもう恭子の前に現れなかった。雅彦は恭子に優しく、先に起きて洗濯機を回したり、ドリームボートから帰って来ると、食卓に鮨《すし》やピザを用意して待っていることもあった。刑事の来訪が、一時期にせよ二人の間の倦怠《けんたい》を払拭《ふっしょく》したのかもしれない。

恭子は、日頃は手にとらない新聞に眼を通して、〝ウェイトレス殺し〟の記事を拾い読む。捜査は膠着《こうちゃく》状態に陥っているようだ。

「どう、状況は」

真赤なネイルエナメルを塗った足の指にドライヤーの風をあてながら、伶子《れいこ》が訊《き》いてくる。

「分らへん。詳しいことは」

恭子は新聞を放り出した。店でいちばん親しい伶子にだけは事情を話してある。

「でも、本物の刑事って、ぼんやりして風采《ふうさい》があがらへんね。あれでよう凶悪犯人が捕まえられるわ」

「そういや、さっき予約が入って、もうすぐ玉三郎が来る。事件のこと訊いてみよか」

玉三郎というのは伶子の馴染《なじ》み客で、睾丸《こうがん》のすぐ横に丸い大きな脂肪の塊があるらしい。あだ名の由来を聞いたときは、控え室の女の子がみんな大笑いした。玉三郎は府警本部の現職刑事だ。

「玉三郎は暴力団担当やけど、同じ本部の刑事やし、頼んだら捜査のことを聞いてくれるかもしれんわ」

「お願い、頼んでみて」

笑いながら手を合わせたとき、カーテンが開いた。

「まゆみさん、スタンバイです」

無愛想なボーイがいった。

客は学生風の髪の長い男だった。度の強い眼鏡をかけている。

部屋に入ると、眼鏡は肩に提げた鞄《かばん》からビデオカセットを出して、これを見たいといった。

「お客さん、こういうところは初めて」

「は、はい……」

「わるいけど、テレビは置いてないんです」

「そうですか……」

せっかく借りて来たのに、と眼鏡はぶつぶついう。たぶんＳＭかロリコンビデオだろう、この手の危ない客が月に一人やふたりはいる。

「濡《ぬ》れるといけないから、カセットはしまって下さい」

いった瞬間、はっと恭子は気づいた。そうだ、雅彦はビデオを借りることがある——。

深夜、恭子が部屋に帰り着くと、雅彦は水割りをなめながらビデオを見ていることがある。たいていはホラーかピンクビデオだが、たまにはまともな映画も借りて来る。

帰りに『ランボー』へ寄ってみよう、恭子はそう決めた。

その日は早番で、恭子は十一時前にドリームボートを出た。タクシーを拾って汐見橋《しおみばし》、マンション近くの交差点で車を降りた。

ビデオショップ、ランボーはガソリンスタンドとボイラー工場にはさまれた小さなビルの一階にある。安っぽいピンクのネオン、車が二台、店前に駐《と》められていた。

ガラスドアを押し、店内に入った。客は恭子の他に若い男が二人いる。

「あの、すみません」

カウンターの中でハンバーガーを食べている髭《ひげ》の店員に声をかけた。「うちの主人がここの会員なんです。九月の十九日にビデオを借りてるかもしれないんやけど、調べてもらえませんか」

「九月十九日ですか。もうだいぶん前ですね」

店員はハンバーガーをほおばったまま、くぐもった声で答えた。「何か、トラブルでも」

「いえ、そんなんやなくて……」

恭子はほほえみかけ、「私、その日に旅行してたんです。主人が家《うち》にいたかどうか知りたくて」

亭主の浮気を調べる妻を演じてみせた。店員はそれと察したらしく、

「ご主人の名前は」

「沢田雅彦です」

「ちょっと待って下さい」

店員はうなずいて、パソコンを操作する。「――九月十九日、借りてはりますね」

「えっ……」あまり期待していなかったので驚いた。

「『ファミリービジネス』です」

「それ、ショーン・コネリーの？」

「はい、そうです」

ファミリービジネスなら確かに見た。ストーリーは定かではないが、主演のショーン・コネリーとダスティン・ホフマンは憶《おぼ》えている。恭子は劇場へ行かないから、それは雅彦の借りたビデオに違いない。

「レンタルの時間、分りますか」

「えーっと、貸し出しは十九日の十五時二十二分。返却は二十日の十八時二十六分となってますね」

「そうですか。どうもありがとう」

恭子は礼をいって、ビデオショップをあとにした。

4

雅彦に報《し》らせようと急いで帰宅したが、彼は部屋にいなかった。恭子は小さく舌うちし、ソファに倒れ込む。テレビをつけたが、どの番組もおもしろくない。雅彦のやつ、またどこかで飲んだくれてる。

　寝室へ入り、ベッドに横になった。少し寒い。毛布をかぶってじっとしているうちに、いつしか眠り込んだ——。

「おい、起きろよ」

「うん……」

「起きろって」

　肩を揺すられて眼が覚めた。雅彦がそばに立っている。

「無神経な女だぜ、まったく」

「——何時」

「一時前。おまえ、おれのこと心配しなかったのかよ」

「どうして」

「おれは今日、淀川署に連れてかれた」

　雅彦は恭子をベッドの端に押しやって腰を下ろした。ひどく酒くさい。「あいつら、何が何でも、おれを犯人に仕立てあげる気だ。……女は過失死だ、だから罪は重くない、吐いて楽になれ、すっきりしろ、としつこくいいやがる。何でおれがしてもいない犯罪を認めなきゃなんないいんだよ」

「………」

「おれの血液型はBの非分泌型だってさ。唾《つば》や精液にはABO式の血液型物質を分泌しないから、精液だけを調べるとO型に間違われやすいんだとか、わけの分らないことをいって、おれを丸めこもうとしやがる」

「マーちゃん、あんた、あのウェイトレスと……」

「ああ、おれはあの女と寝たよ」

呻《うめ》くようにいって、雅彦は頭を抱えた。「あの日、炉端を出たあと、おれは太融寺《たいゆうじ》の『アバ』っていうホテルにしけこんだ。あの女は金で男と寝るセミプロさ。ゲームセンターやテレクラで男を釣るんだ」

「待ってよ。あんた、私の……」

「何だよ、その顔は。プロが稼いだ金をセミプロにまわしてやっただけじゃねえか」

「出てって。今すぐ出て行って」屈辱に体が震える。

「恭子……」

雅彦の眼から涙があふれた。「おれは怖いんだ。おれはほんとに何もしちゃいない。アバを出て、おれは女と別れた。女は手を振って歩いてった。それが、次の朝には冷たくなってるって誰が考える。おれはひとりでこの部屋へ帰って来た。三ヵ月前のアリバイなんて証明できない。ポリ公も、モナコのおやじも、アバの連中も、世の中のやつらはみんな、おれの敵だ。おれは刑務所なんか行かない。おれはほんとに無実なんだ」

雅彦はベッドに突っ伏した。嗚咽《おえつ》する。

恭子は反吐《へど》が出そうになった。こんなクズのためにどれだけ多くのものを私は犠牲にしてきたのだろう。

ベッドを降りた。バッグを拾い上げ、コートを肩にかけてマンションを飛び出した。

大正区小林町、興洋ハイツ三〇二号室のインターホンを押すと、伶子の返事が聞こえた。

——はい、どなた。

——私、恭子。

——こんな遅うに、何時やと思てんの。

ドアが開いた。伶子は化粧を落とした顔をのぞかせて、

「ひとり？」

「そう。わるいけど、泊めてくれる」

「また、喧嘩《けんか》したんかいな」

伶子は恭子を招じ入れ、錠を下ろした。

「何か食べる？」

「ううん、いい。お茶が飲みたいな」

「よっしゃ。玉露を淹《い》れたげよ」

伶子は台所へ立ち、恭子は炬燵《こたつ》に膝《ひざ》を入れた。セーター、スカート、下着、化粧品、雑誌、クッション、くずかご、六畳の和室は足の踏み場もないほど散らかっている。恭

子はみかんをむいて、口に入れた。

「そのみかん、甘いやろ」

怜子が戻って来た。「田舎から送って来てん」

お盆を炬燵の上に置いて坐《すわ》った。

「怜子はいいな。両親とうまく行ってて」

「けど、それなりに苦労もあるんやで」
二、三ヵ月に一度、怜子は帰省する。親にはフリーアルバイターだといっているから、その都度、仕事の話をするのが大変だという。
「このごろは帰るたびにお見合いの話や。そら、いつかは結婚するけど、だんなに預金通帳なんか見せられへんやない」

肩をすくめて怜子は笑う。二千万や三千万は貯めているはずだ。

「で、あんた、どないするつもりやの。今度という今度は決心がついたんかいな」

「私、別れる。つくづく嫌になった」

恭子はこれまでに二度、この部屋に泊めてもらった。そのたびに雅彦が迎えに来て、もとのさやにおさまった。

「人間、ひとりでは生きられへんもんな。あんたの淋《さび》しいのは分るけど、相手がわるいわ。男の甲斐性《かいしょう》なしは死ぬまで直らへん」

怜子は急須《きゅうす》の茶を信楽《しがらき》の湯呑《ゆの》み茶碗《ぢゃわん》に注ぎながらいった。

恭子は支配人にことわって、三日間、ドリームボートを休んだ。伶子には興洋ハイツにいることを口止めして、食事をするほかはほとんど外出せず、かかってくる電話もいっさいとらなかった。

雅彦からの連絡は、店にも、伶子にもない。彼の嗚咽が耳の奥によみがえって、レンタルビデオの件だけでも知らせてやろうかと思うが、受話器をとろうとして、その手がとまる。雅彦の声を聞けば、また同じ生活が始まりそうな気がした——。

シャワーを浴び、ドライヤーを使っているところへ、伶子が帰って来た。ほんのり赤い顔、手にたこ焼きの包みを提げている。

「た、だ、い、ま」

伶子はフェイクファーのハーフコートを脱ぎ捨て、炬燵の前に坐り込んだ。「あーあ、今日はしんどかった。昼すぎから、七人。晩ごはん食べる暇もあらへん」

「ごめん。私が休んでるからやね」

「そんなん気にせんでもいい。こっちは売り上げ倍増や」

伶子はバッグを叩《たた》いて、「それはそうと、今日、玉三郎が来た」

「へーえ、えらいご執心やんか」恭子は伶子に向かいあって腰を下ろした。

「帰りが遅うなったんは、玉三郎と焼肉屋へ寄ったから。いろいろと話を聞いたわ」

伶子はたこ焼きの包みをあけながら、「沢田雅彦はな、きのうの朝、逮捕されたんやて」

「それ、ほんと？」

「常習賭博《とばく》と覚醒剤《かくせいざい》取締法違反。……玉三郎がいうには、それは口実で、実際は別の取り調べをするんやて。ウェイトレス殺しを担当してる一課の松永《まつなが》班というのは、今年に入って事件をみんな腐らせてるさかい、今度ばかりはどうあっても犯人を挙げるというて眼の色が変わってる。沢田雅彦については、これといった決め手がないんやけど、無理にでも口を割らせる肚《はら》やと、玉三郎は話してた」

「それで、それでマーちゃんは自白したん？」

「さあ、そこまでは聞いてへんけど……」

伶子はたこ焼きに楊子《ようじ》を刺して、「早よう食べんと冷めてしまうで」

「うん……」

食べる気にならない。あの気の小さい雅彦のことだ、執拗《しつよう》に責められたあげく、自分を見失って罪を認めてしまうかもしれない。

「あんた、沢田のことをどない思てんの。沢田はほんまに犯人かいな」

「違う。違うはずや。マーちゃんはウェイトレスが死んでしもたのに……」

のほほんとビデオを見たりすることのできるほど肚のすわった悪人やない――。あとの言葉を恭子は呑《の》み込んで、「伶子、私、帰るわ」

「帰るて……汐見橋へ？」

「いつまでも迷惑かけてられへんし、マーちゃんがいないと分ったら、帰るのも気が楽や」

恭子は立って、ガウンを脱いだ。

鍵《かぎ》をあけ、部屋に入ったのはちょうど午前三時だった。壁のクロスの破れ目を隠すためにひとつだけ離して置いたソファ、そこに坐らせたゴリラの縫いぐるみ、パッチワークのクッション、ガラステーブルの上のネックレスとイヤリング、リビングのようすは恭子が出て行ったときとまったく変わらない。

サイドボードの抽斗《ひきだし》をあけ、名刺の束を取り出した。一枚ずつ繰って三柴のそれを探し、壁の電話をとる。呼び出しは何時でもいいと三柴はいっていた。

――はい、エアポート事件の帳場。

低い男の声だった。

――三柴さん、いらっしゃいますか。

――おたくは。

――岸本といいます。沢田雅彦といっしょに住んでた岸本恭子。

――ああ、あの岸本さん。あいにくやけど、三柴は自宅ですわ。わしでよかったら用件を聞きますけど。

——あの、あなたは。

——田中といいます。今日の当直ですわ。

——沢田はどうしてます。

——さあ、この時間やし、機嫌よう寝てまっしゃろな。

——すみません、明日《あした》、またかけなおします。

受話器を置いた。

名刺の束を抽斗に戻そうとして、数枚をとり落としてしまった。屈《かが》んで拾い上げると、〈有限会社ワイエス興産　取締役　吉川慎二《しんじ》〉と、ある。あの吉川にもらった名刺だった。

恭子は屈んだまましばらく名刺を見つめ、それからゆっくり立ち上った。電話をとって、ボタンを押す。三回のコールで相手が出た。

——もしもし。

眠そうな吉川の声。何か話そうとして、恭子は口がきけない。

——ばかたれ。

吉川は電話を切った。

午前八時半、電話が鳴った。

恭子はソファから起き上った。コートを体にかけて眠ってしまっていた。

――夜中、電話をもろたそうですな。

三柴だった。

――何ぞ急用でっか。

――沢田のことで話があります。証拠もないのに、どうして逮捕したんです。

――ほう、おもしろいことをいいますな。証拠があるからこそ逮捕したんでっせ。

――どういうことです。教えて下さい。

――沢田の車の中から採取した指紋が被害者の指紋と一致したんですわ。

――そんな……。

――あんた、沢田の話を鵜呑《うの》みにしたらあきませんで。沢田は供述をひるがえして、被害者を車に乗せて太融寺のアバへ入ったというけど、東通りのモナコから眼と鼻の先の太融寺へ車を走らせたというのが、そもそもおかしい。あんたもそう思いまっしゃろ。アバのフロントの全員に面通ししてもろたけど、誰も沢田の顔なんか憶《おぼ》えてませんがな。

――アバの部屋を調べたりしなかったんですか。

――いちおう、休憩したという部屋の指紋は採りましたけどな。まるっきり他人の指紋でしたわ。

――そやけど、エアポートにマーちゃんの指紋はなかったんでしょ。車もマークIIか

——コロナやというだけで、ナンバーを目撃されたわけやありません。

——あんた、ミステリードラマの見すぎでっせ。現実の事件いうのは、そうそう都合よく証言や物証《ブツ》がころがってるわけやない。

——沢田は無罪です。証拠があります。

——何と、こいつはびっくりや。捜一の刑事相手に講釈でっか。

——切りますよ、電話。

——おっと、すんまへん。まじめに聞くよって、教えて下さい。

——汐見橋のバス通りにランボーいうビデオショップがあります。沢田はそこで……。

——あ、そのことやったら調べはついてまっせ。

——えっ……。

——わしら、まがりなりにもプロでっさかいな。……『ファミリービジネス』。事件当日、沢田は確かにビデオを借りてますわ。

——それやったら、何で……。

——犯人がエアポートを出たんが午前一時ごろ。十三からめいっぱい車を飛ばしたら、三十分で汐見橋へ帰れますがな。

——けど、私が帰ったとき、あの人はいつものようすでビデオを見てました。人が死んだというのに……。

——そう、そこですわ、わしらもすっきりせんのは。沢田のあの性格からして、殺人、逃走の直後に平気な顔でビデオを見ていられたとは思えんさかいね。

——そのとおりです。マーちゃんには、そんな根性ありません。

——ところが、ここにちょいとしたトリックがある。

——トリック？

——沢田はな、たぶんビデオを買うたんや。ビデオいうのは、ついついレンタルだけやという思い込みがあるけど、ちゃんと販売もしてますんやで。そやし、あんたが見たんはレンタルのファミリービジネスやない、買い取りのファミリービジネスを、事件の翌日の夜に見せられたんや。それともあんた、事件当夜にそのビデオを見たという確かな記憶があるんかいな。……うん、どないした、声が聞こえへんな。……もしもし、もしもし……。

恭子は受話器を置いた。たばこを吸いつけ、サイドボードから吉川の名刺を取り出して、電話番号をアドレス帳に書き写した。

また、電話が鳴った。

恭子はたばこを揉《も》み消し、コートをはおって部屋を出た。

沢田雅彦は容疑否認のまま起訴された。別件逮捕と冤罪《えんざい》を指弾、危惧《きぐ》する報道もあったが、恭子はそのことを知らない。

吉川との生活に格別の変化はない。

講談社文庫版あとがき

『てろどどきしん』はわたしの初めての短編集です。単行本の奥付を見ると、「河豚《ふぐ》の記憶」（を「てとろどときしん」――に改題）の初出が87年、「ドリーム・ボート」のそれが91年で、いまから十六年もむかしの、新人のころの作品が文庫になったというわけです。懐かしいやら恥ずかしいやら。著者校正をしていて、なんとあのころの文章は幼いな、とためいきを洩《も》らし、しかしながら一所懸命おもしろい作品を書こうとする情熱があったのだ、と感慨を憶えました。簡単ですが、その感想を記します。

てとろどときしん――。

わたしの短編第二作（第一作は「小説新潮」に掲載された「ガラス越しのさような ら」）です。刑事が主人公の警察小説ですが、いわば私立探偵ものです。当時は地上げがすさまじく、それを扱ったストーリーに新味があったようです。不動産に対する杜撰《ずさん》な融資で膨大な不良債権を抱え込み、日本の都市銀行がいま、軒並み経営危機に陥っているなど、誰が想像し得たでしょう。このあとがきを書いている今日、りそな銀行の実質〝国有化〟が発表されました。ちなみにわたしは〝ITバブル〟のころ、住友銀行、ソニー、NTTドコモの株を買い、ベンツが買えるほどの大損をして、よめはんにぶちたたかれました。以来、わたしのキャッシュカード、クレジットカードはよめはんに取りあげられ、麻雀《マージャン》の資金にもこと欠いています。よめはんはわたしに、負ける博打《ばくち》はするなと厳命し、だからわたしは株もウマもカジノもやめました。

指環《ゆびわ》が言った――。

一幕劇の小説です。叙述と構成で読者を欺こうと考えました。ストーリーをすっかり忘れていたので、わたしも騙《だま》されました。あのころは土地やゴルフ会員権と同じく、宝石の値段も高騰していたようです。

飛び降りた男――。

下着ドロを書きました。うちの近くのマンションにいつも赤や黒の派手な下着を干すベランダがあり、それをヒントにストーリーを考えたこと思い出します。そのベランダの主はぶくぶくに肥《ふと》った五十すぎの女性で、あの巨大な尻《しり》が、あの小さいショーツに入るのかと不思議でたまりませんでした。世の下着ドロのみなさん、ブラジャーやショーツを盗むときは、その所有者を確かめてからにしてはいかがでしょう。

帰り道は遠かった――。

黒マメコンビの短編です。ふたりのキャラクターは、長編の『二度のお別れ』や『八号古墳に消えて』などで頭に染みついており、書いていると、コンビが勝手に喋《しゃべ》りはじめます。ふたりのやりとりは漫才のようですね、と多くのひとにいわれますが、わたしは大阪の古典落語を頭においています。

爪の垢《あか》、赤い――。

犯人当てクイズの出題作品です。編集者からは犯人の分かりやすいものを、といわれたのですが、ひねったプロットのためか、正解者はとても少なかったようです。

ドリーム・ボート――。

さて真相は藪《やぶ》の中……と、そんなミステリーを目指して書きました。短編ならではのストーリーで、捜査の過程より、恭子の生き方を書くことを主眼に全体を構成しました。思えばこの作品あたりから、わたしはトリックをさほど重視しなくなり、それがハードボイルド長編の『切断』や『アニーの冷たい朝』につながったのではないかという気がします。


著者校正において、セリフや地の文は大幅に直しましたが、当時の情景描写などはそのまま残しました。取り壊し前の大阪球場、自動車電話、ポケベル、三パーセントの消費税など、隔世の感があります。九条のネジ工場は残業をし、駄菓子屋の店先にはテレビゲームがあり、DNA鑑定はなく、エイズ騒ぎもまだありません。

いま書いている新作も、十年後、二十年後にはこんな感じになるのでしょうか。

二〇〇三年六月

角川文庫版あとがき

表題作「てとろどときしん」がオール讀物に掲載されたのは〝87年2月〟とある。なんと二十七年も前のことだ。わたしは87年3月に高校の美術教師を辞めたから、その前年の暮れ、冬休みの期間中にこの作品を書いたのだろう。「てとろどときしん」はわたしが初めて書いた短編小説だったように思う。

オール讀物の担当編集者は〝黒マメコンビ〟を連作短編シリーズとし、単行本にまとめられたら、といってくれたが、駆け出しの作家には荷が重かった。ぽつりぽつり他社の小説誌にも主人公のちがう短編ミステリーを書き、それらをまとめて本にしてくれたのが講談社の担当編集者・Tさんだった。

Tさんにはお世話になったし、よく遊んでもらった。東京へ行くたび、新宿二丁目、三丁目界隈《かいわい》のバー、スナックに連れていってもらい、夜明けまで酒を飲み、麻雀《マージャン》をし、チンチロリンをした。わたしはいつもホテルをとっていなかったから、朝、スナックのママ（ともこさん）が店を閉めるときに鍵《かぎ》を預かる。そうして日暮れまでひとりボックス席で眠り、午後八時ごろになるとともこさんが店に出てくる。ともこさんと近くで飯を食い、店にもどると、お客が来はじめる。夜が更けるとTさんも顔を出す。そうしてまた、酒、チンチロリン、酒――。二泊三日、そのスナックに居つづけたこともある。

思えば、あのころがわたしの作家としての青春だったのかもしれない。東京へ行ってTさんやともこさんに会うのが楽しくてしかたなかった。ふたりにはほんと、よくしてもらったが、ともこさんは七年ほど前に、Tさんは三年ほど前に亡くなってしまった。同じようによく遊んだ藤原伊織、鷺沢萠《めぐむ》もいまはいない。〝いいやつばかりが先にゆくどうでもいいのが残される〟という演歌の一節が思い浮かぶ。

この初期短編集を再読して、そんなことが頭をよぎった。デビューして三十年、年一作のペースで、よく作家をつづけてこられたと思う。そして、直木賞受賞——。読者の方々のおかげです。

二〇一四年八月

解説

西上心太

黒川博行さんが『破門』でついに第一五一回直木賞（二〇一四年度上半期）を受賞した。実に六度目のノミネートである。黒川さんほどの実力のあるベテラン作家にとって、この受賞は遅きに失した感があるが、慶賀に堪えない。ちなみに過去の候補作は『カウント・プラン』（第一一六回）、『疫病神』（第一一七回）、『文福茶釜《ぶんぶくちゃがま》』（第一二一回）、『国境』（第一二六回）、『悪果』（第一三八回）の五作だ。

受賞作の『破門』は、いまの黒川さんの看板となっている《疫病神》シリーズの五作目にあたる作品だ。武闘派のイケイケヤクザでありながら頭も切れて金への嗅覚《きゅうかく》が鋭い桑原保彦と、業界のグレーゾーンを縫って小金を稼ぐ建築コンサルタント二宮啓之の二人が主人公。桑原が嗅《か》ぎつけた金儲《かねもう》けのネタに二宮が巻き込まれて、毎回難儀な目に遭うというのが基本パターンだ。

直木賞受賞は黒川さん自身には六度目の正直だが、《疫病神》シリーズにしてみれば、一作目の『疫病神』、二作目の『国境』と二回ノミネートされているので三度目の正直にあたる。同一シリーズが三度も候補になるのはおそらく直木賞史上初めてであろうし、今後もまず起こらないのではないか。それだけこのシリーズがハイレベルであるともいえるだろう。

《疫病神》シリーズや、堀内信也と伊達誠一のマル暴担当悪徳刑事コンビが大暴れする『悪果』、『繚乱《りょうらん》』（ここでは二人とも警察を追い出されて元刑事という身分になった）など最近の黒川作品は、ワルたちを主人公にすえたピカレスク的なハードボイルドや犯罪小説が主流となっている。だが黒川さんはデビュー後、六、七年の間は、殺人事件の捜査に従事する大阪府警捜査一課の刑事たちの活躍を描く、正統的な警察小説を数多く書いていたのである。

もう一つトリビアなことだが、黒川さんの作家生活のスタートも《三度目の正直》と大いに関係がある。

黒川さんのデビュー作は一九八四年に上梓《じょうし》された『二度のお別れ』だった。第一回サントリーミステリー大賞に応募した作品で、前年に開かれた選考会で佳作賞を受賞した後に出版されたという経緯がある。

サントリーミステリー大賞は第二十回まで続いた新人賞であるが、最終選考会を公開で行うというのがウリだった。パネルディスカッションのように舞台に並んだ選考委員から、残った候補作について忌憚《きたん》のない意見が開陳されるのだ。会場には関係者や一般観客、選考委員と同じように候補作を読み、投票で読者賞を決める読者選考委員に加えて、最終選考に残った三人の作者たちも招かれ、会場最前列に陣取る権利――というよりもむしろ義務（責め？）を負わされていたのである。わたしも何度か最終選考会を見物したことがあるが、もし自分が作者だったらその場から逃げ出したくなるような、手厳しいコメントが多々発せられたものだった。

『二度のお別れ』は大阪府警捜査一課の黒田憲造と亀田淳也という刑事コンビ（黒マメコンビ）が登場し、銀行強盗犯による人質連れ去り事件を描いた作品だった。しかし大賞も読者賞も逃し、銅メダルに等しい佳作賞に甘んじたのである。先述したように翌年本が出たのだから、そのままプロ作家として歩み出せばいいのにと思うのだが、それを潔しとしなかったのか、黒川さんは『雨に殺せば』で第二回の同賞に応募する。同じく黒マメコンビが現金輸送車襲撃及び行員殺人事件を追っていく警察小説だった。「華がない」という前回のコメントを受け、既婚者だった黒田を独身という設定（ついでに黒木と改名）にしたのだが、またもや銅メダルの佳作賞に終わってしまった。この作品も翌年の八五年に本になる。

そして八五年はテレビドラマ化を前提にした小説のオファーを受けたためか、同賞には応募せず徳間書店から『暗闇のセレナーデ』を上梓する。当時美術教師だった黒川さんのキャリアと経験を生かし、美術業界を舞台にした自殺未遂と失踪《しっそう》事件に密室をからめた盛り沢山なミステリーだった。事件に巻き込まれた女子美大生コンビと、警察側（兵庫県警西宮北署）というアマとプロの捜査を交互に配した作品だった。

この設定に「華」を見出《みいだ》したのか、黒川さんは同賞の第四回に『キャッツアイころがった』を応募する。キャッツアイを飲み込んだ身元不明の死体の発見に引続き、キャッツアイを口に含んで死んでいた美大生と労務者という三連続殺人事件が起きる作品だった。先輩の死を探るため、二人の女子美大生が先輩の足取りを追ってインドへ旅立ち、本職の刑事たちを出し抜くような活躍を見せるのだ。この作品で《三度目の正直》がかない、ついにサントリーミステリー大賞を受賞したのである。

そして受賞以降は女子大生たちを封印し、一、二作目を踏襲した刑事による捜査をメインにすえた大阪府警捜査一課シリーズを次々と発表していくのだ。海運業界の利権がからんだ複雑な殺人事件を追う『海の稜線《りょうせん》』、遺跡発掘現場で発見された死体を皮切りに考古学界の権力争いが浮かび上がる『八号古墳に消えて』、連続切断事件という猟奇的な犯罪を描いた『切断』、頭部は腐乱し脚部はミイラ化した死体が建築現場から発見される発端が印象的な『ドアの向こうに』、殺人事件の背後に絵画贋作《がんさく》問題が絡んだ『絵が殺した』、被害者の女性の死体にコスプレをさせる連続殺人犯を追う『アニーの冷たい朝』といった一連の作品群である。

事件を追っていくのはすべて大阪府警捜査一課の刑事たちだが、律儀な性格なのか、黒川さんは版元ごとに中心となる刑事を変えている。すなわち文藝春秋刊行の『八号古墳に消えて』はデビュー作以来の黒マメコンビ、講談社刊行の『海の稜線』、『ドアの向こうに』は総田部長刑事と文田巡査部長の《ブンと総長》コンビ、徳間書店刊行の『絵が殺した』では他の作品で脇役だった吉永誠一刑事がメインとなって活躍する。

これら初期の黒川作品の魅力は多々あるが、まず第一に指を折らなくてはならないのが、本格的な警察捜査小説の形態を取りながら、本格ミステリーもかくやという犯人側の奸計《かんけい》が用意されている点である。特に黒マメコンビのマメちゃんはエルキュール・ポワロを気取った台詞《せりふ》を吐くなど、名探偵寄りといっていい異色刑事なのだ。

第二がそれぞれ違うバックボーンを持つ刑事たちの人物造型のすばらしさ、そして彼らの関西弁を駆使したユーモアあふれる会話である。この関西弁による会話の巧みさは、すべての黒川作品に通底する、誰にも真似のできない大きな武器であることはいうまでもない。

第三が金融、海運、美術、宝石、建設、考古学など毎回事件の背後に、さまざまな専門分野を絡ませたストーリーを構築して、読者を飽きさせない工夫を凝らしていることだろう。しかもトリックなどもその分野ならではの手法を用いるなど、うわべの目新しさだけにとどまらない、ストーリーと不可分な要素となっているのだ。また、地上げ屋の横行や金融機関の浮き貸し問題など、新聞種となって誰もが知る以前から、巧みに作品に取り入れていた。このような機を見るに敏な黒川さんの先見性は、作品の発表から時を経たいまとなって、かえって際立っているように思えるのだ。

本書『てとろどときしん』は八七年から九一年にかけて各誌に掲載された六編を収録した作者初の短編集である。

表題作の「てとろどときしん」は黒マメコンビが登場。行きつけだったふぐ屋が、お客の中毒死をきっかけに、店をたたんだことを知ったマメちゃんは、単純な食中毒事件の裏にあるきな臭い企みを嗅ぎつける。通常の捜査のかたわら、私的な調査を敢行するマメちゃんの《名探偵》ぶりが味わえる一編だ。

「指環が言った」は宝石業者殺害事件の重要参考人となった男の取調べ風景と、男が自供した部分の回想のみで構成された緊迫感あふれる一幕風会話劇である。久しぶりに読み返した作者自身がびっくりしたという、読者に背負い投げを食らわす逆転劇が仕組まれているので油断がならない。

「飛び降りた男」は吉永誠一刑事が登場。愛妻のデコちゃんこと照子とのやりとりがたまらない。黒マメコンビに匹敵するコンビ（夫婦ですが）である。侵入盗に襲われ息子が怪我をしたのだが、警察は家族を疑っているのではないか。ご近所の知人に相談を受けたデコちゃんから、吉永は事情を探るように頼まれてしまう。しかたなく事件が起きた所轄署にいる同期で、盗犯係の寺田から話を聞いているうちに、寺田が担当している下着泥棒と強盗事件が思わぬ形で結びついていく。ブンこと文田巡査部長のカメオ出演もある。

「帰り道は遠かった」は黒マメコンビがタクシー強盗事件捜査に従事する。河川公園に乗り捨てられたタクシー。車の後部には激しく衝突した痕があり、売上金は奪われ車内のあちこちに血痕《けっこん》が残され、運転手の姿はない。単純と思われた事件が複雑な様相を呈していく。だが真相をつかんだマメちゃんは「自分でいうのも何やけど、ぼくら、めちゃんこ優秀な探偵さんですな。推理、洞察、決断、行動、どれをとっても超一流や」とうそぶくが、事件は皮肉な決着を見せる。

「爪の垢《あか》、赤い」は電車の網棚に置かれた封筒から、死後切断された指が発見されるのが発端。爪に残された血液の型をめぐる犯人の作為を見抜いていく。初出と単行本では別の刑事が登場していたが、最初の文庫化（講談社文庫）に際して書き直され、刑事たちが黒マメコンビへと変更されている。

最後の「ドリーム・ボート」は、殺人事件の容疑者となった男の同棲《どうせい》相手である女性の視点で物語が進んでいく。男の無実を証明する三ヶ月前の記憶を思い出そうとするが……。事件を関係者の側から描くことで、男運の悪さによって落ちていく女の運命を浮き彫りにしつつ、リドルストーリーの趣向を用いた異色作だ。

本書の後はブンと総長、吉永らが登場する誘拐サスペンス『大博打《おおばくち》』、日本推理作家協会賞を受賞した「カウント・プラン」を収録した短編集『カウント・プラン』の二冊を加えたのが大阪府警捜査一課シリーズである。ちなみに本書以前の十作品は創元推理文庫の《黒川博行警察小説コレクション》で読むことができる。

本格風味たっぷりな作品、女子学生がメインとなる作品、シリアルキラーやサイコパス的な犯人の視点も挿入され、ユーモラスな会話も控え目な『切断』や『アニーの冷たい朝』など、バラエティに富んでいるのが、大阪府警捜査一課シリーズ＋α（府警じゃない作品も女子大生の活躍が目立つ作品もあるが、作品のテイストは共通しているので、あえてこう呼ぶことにしようか）だろう。そして長編だけでなく、短編も面白いことは、本書をお読みになればおわかりになるはずだ。

黒川作品は、ワルたちが暴れるハードボイルドや犯罪小説だけではない。ぜひ本書をきっかけにして、黒川さんの初期作品群もお楽しみいただきたい。

本書は二〇〇三年六月、講談社文庫より刊行されました。

てとろどときしん

大阪《おおさか》府《ふ》警《けい》・捜《そう》査《さ》一《いつ》課《か》事《じ》件《けん》報《ほう》告《こく》書《しよ》

黒《くろ》川《かわ》博《ひろ》行《ゆき》

平成26年 9月25日　初版発行

発行者●堀内大示

発行所●株式会社KADOKAWA
〒102-8177　東京都千代田区富士見2-13-3
電話 03-3238-8521（営業）
http://www.kadokawa.co.jp/

編集●角川書店
〒102-8078　東京都千代田区富士見1-8-19
電話 03-3238-8555（編集部）

角川文庫 18763

印刷所●旭印刷株式会社　製本所●株式会社ビルディング・ブックセンター

表紙画●和田三造

ISBN978-4-04-101939-9　C0193

角川文庫発刊に際して

角川源義

第二次世界大戦の敗北は、軍事力の敗北であった以上に、私たちの若い文化力の敗退であった。私たちの文化が戦争に対して如何に無力であり、単なるあだ花に過ぎなかったかを、私たちは身を以て体験し痛感した。西洋近代文化の摂取にとって、明治以後八十年の歳月は決して短かすぎたとは言えない。にもかかわらず、近代文化の伝統を確立し、自由な批判と柔軟な良識に富む文化層として自らを形成することに私たちは失敗して来た。そしてこれは、各層への文化の普及滲透を任務とする出版人の責任でもあった。

一九四五年以来、私たちは再び振出しに戻り、第一歩から踏み出すことを余儀なくされた。これは大きな不幸ではあるが、反面、これまでの混沌・未熟・歪曲の中にあった我が国の文化に秩序と確たる基礎を齎らすためには絶好の機会でもある。角川書店は、このような祖国の文化的危機にあたり、微力をも顧みず再建の礎石たるべき抱負と決意とをもって出発したが、ここに創立以来の念願を果すべく角川文庫を発刊する。これまで刊行されたあらゆる全集叢書文庫類の長所と短所とを検討し、古今東西の不朽の典籍を、良心的編集のもとに、廉価に、そして書架にふさわしい美本として、多くのひとびとに提供しようとする。しかし私たちは徒らに百科全書的な知識のジレッタントを作ることを目的とせず、あくまで祖国の文化に秩序と再建への道を示し、この文庫を角川書店の栄ある事業として、今後永久に継続発展せしめ、学芸と教養との殿堂として大成せんことを期したい。多くの読書子の愛情ある忠言と支持とによって、この希望と抱負とを完遂せしめられんことを願う。

一九四九年五月三日